14个叫郑皓的男人

FOURTEEN MEN NAMED ZHENG HAO

尚不趣 / 著

长江出版社
CHANGJIANGPRESS

漫娱图书

TENTS

目录

MU

LU

TINDER

火种

我不知道到底是什么让人工智能学会了沉默。

0

"第 1532 次冲击即将到来，各部门注意，做好防御准备。"
空荡荡的大厅中，电子音从广播中传出来。

"1532。"我重复了一遍这个数字，然后回忆了一下自己经
历过的冲击。

47 次。

我从出生起就一直在地堡里生活，到现在为止，二十二年里
一共经历了 47 次冲击。

"郑皓，让我看一看外面。"

我面前的显示器切换到了地堡外的监控摄像头上。

荒原，镜头里是一望无际的荒原。天色昏暗，云层压得很低，和土黄色的地表分不出界限。

"这里很安全，你没必要非得观看这一切。"郑皓对我说。

我摇摇头，示意他不要再说了。

"作为这里的最后一个人类，我就是历史，我有义务用自己的双眼记录在这颗星球上发生的一切。"

我像是在和郑皓解释，也像是在自言自语。

然后我就坐在屏幕前，看着潮水般涌上来的不死军团，他们只保持着最原始的狩猎冲动，前仆后继地冲向地堡，然后被地堡的防御武器火力覆盖，最后只能拖着残肢撤退。

我对郑皓说："烧掉他们。"

郑皓没回应我，可在监控中，我能看到地堡的火焰喷射装置开始启动，熊熊大火横扫了战场。监控里没有声音，我像是在看一部血腥的默片。

在火焰的洗礼下，不死军团也不能幸免。

"除了你，没什么是不死的，对吗？"我笑着问郑皓，他没有回答。

我不知道到底是什么让人工智能学会了沉默。

郑皓就是地堡，地堡就是郑皓，他是人类数百年 AI 研究的最终形态，是这个末世中人类最后的避风港。

郑皓对历史的记录并不完整，地球究竟是如何变成现在这个样子的我至今也不甚明了。

我只知道八百年前人类遭遇了灭顶之灾。一种病毒感染了所有生物，这些被感染的生物成了没有生命的丧尸，除非毁灭躯体，否则没什么手段杀得死他们。

不过幸好，身体上的特殊构造让他们的脑子退化了，他们基本没有智力。

幸存的人类只能在地堡中苟延残喘。二十二年前，地堡中最后的人类知道自己大限已至，在死前他将一批作为火种的冷冻胚胎解放出来，可不幸的是，那一批胚胎中，只有我存活了下来。

我从出生起就接受郑皓的照顾和教育，他带我认识了人类的历史，教我学习各种知识，并对我讲述了现在的状况。

要知道，这并没有对我引起多大的冲击，因为我根本没经历过历史中提到的"黄金时代"。

如果不是郑皓，我可能会认为世界本来就是现在这样的。

每次冲击过后，都会有很长一段时间的平静期，这段时间里，我可以派遣物资采集机器人到地上去。

这些机器人不仅负责采集物资，也会进行对幸存人类的搜索，不过因为不死军团的威胁和能源的限制，我没法把搜索范围扩大。

我也想出去看看外面的世界，可郑皓不允许，他告诉我现在外界的环境已经不适合人类生存，我很大概率会因为窒息而再也无法回到地堡。

这时候我就会质疑他，如果外界已经完全不能保证人类生存，那搜寻幸存者的行动就毫无意义。

郑皓只是说，也许有人类能适应外面稀薄的空气。

在地堡里，我学习了人类的历史、文化、艺术和科技，这些东西对我来说很简单。虽然文化和艺术我并不是特别能理解，但在现在的状况下，这两个门类的知识也没那么重要。

据我所知，在灭亡之前人类的空间探索范围已经达到了第二宇宙环，也就是说，太阳系内的航空旅行已经成了现实，而我在地堡中，没发现任何相关的知识。

我曾向郑皓提问，为什么我们不试着离开这个已经无法逆转的地球，出去看看外面的世界。

"有关星际航行的部分知识已经遗失了，而且即使知识还在，凭借现有的工具、材料和能源，我们也无法完成宇宙飞船的建造。"

郑皓这么告诉我。

在他传输给我的知识中，最让我感到迷惑的就是爱情。按照史料记载，二十二岁——我的年龄，我应该已经有了对异性的渴望，或者说应该有社交方面的需求，可这两点我都感觉不到。

我认为是环境改变了我的习性，我和上一代人类不同，我已经不再是群居动物了。

我即是人类。

冲击之后过了一周，模拟的电子星空上挂着一轮巨大的圆月。

我很想看看真正的月亮，但外面的世界永远被浓雾笼罩，根本看不见天空。

我将显示器的输入线路调整成了地堡外的摄像头，漆黑的夜晚，浓雾密布，真的看不见一丝丝天空的样子。

我百无聊赖地坐在监视器前，看着外面的一片混沌，想着和郑皓聊点儿什么。

这时，漆黑的夜空中出现了一个光点。我生平第一次兴奋起来，我想那或许是月光冲破了云层和浓雾，但让我不解的是，那个光点越来越大，越来越亮。

那不是月亮的光，那是个缓缓降落的东西。

"郑皓。"我打了个响指，叫醒了休眠中的郑皓，"你看那儿，那个是什么？"

郑皓没回答我，他开启了远红外扫描成像系统，监视器中的画面不断放大，直到光点占据了整个屏幕。

在滤掉了一层一层的画面杂质之后，光点的真实形象变得清晰可见。

那是一艘宇宙飞船。

2

地球是太阳系八大行星之一，按离太阳的远近次序算，排在第三颗的位置。地球在自西向东自转的同时也在围绕太阳公转，现年 47 亿多岁。

从宇宙的尺度上看，地球不过是一粒尘埃，宇宙的广袤超出了人类的想象。

在人类历史的暮年，星际旅行才真正成为现实。

郑皓也和我讲过这种可能，也许会有人类因为进行宇宙航行而避开了这次灭顶之灾。不过因为地堡内没有星际通信器材，所以这个猜想一直得不到证实。

现在，有一艘宇宙飞船降落在地堡外，地堡通过图形搜索很快就确定了宇宙飞船的型号。

单人星际航行用宇宙飞船，可进行星际跃迁，是一种小型探测类宇宙航行工具。

"这种宇宙飞船最早投入应用大概是一千年以前。"郑皓对我说。

我看着监控中的宇宙飞船缓缓着陆，对郑皓说："也许只是返航程序将宇宙飞船送了回来，因为资料中并没提到人类找到可供生存的类地行星，没人能在宇宙飞船里活上千年。"

地堡外的风沙刮起来了，我和郑皓都死死地盯着监视器的屏幕，那艘小型宇宙飞船的舱门慢慢打开，舱梯落地。

一个身穿厚厚宇航服的人走了出来，他略显紧张地四处张望，然后抬腕看看手上的仪器，我猜他是在观察身处这种环境中的各项指数。

他下了舱梯，试着在地面上跳了几下，应该是在体会现在地球上的重力情况。我示意郑皓打开地堡大门。

地堡通往地上的大门从我记事起就没开过，厚重的金属大门升起时发出"咔哧咔哧"的响声。宇航员也被吓了一跳，不过他还是向地堡内走来。

其实到这时，我和郑皓还是不确定他到底是不是人类，因为他一直都没拿下宇航服的头盔。

进入地堡后有一段长长的甬道，这段甬道会对进入者进行多个层级的扫描，在确定安全之后，这个陌生的宇航员终于站在了我和郑皓面前。

他环视整个地堡的接待区，虽然看不见他的表情，但我知道他一定十分惊讶，因为这里早已不是他认知中的地球了。

我试着用翻译器调整语言，以确定他能听懂我说话。

"你好，欢迎来到地堡。"这是我和郑皓在检索了数万条欢迎辞后选择的一句话。我本来想说"欢迎回家"，但郑皓没有同意。

他好像被吓了一跳，不自觉地朝后退了两步，然后立刻就镇定了下来。

他脱下了宇航服的面罩，我认清了两点事实。

第一，这是个人类，和我在郑皓提供的史料上看到的人类没什么不同。

第二，她是个女性，三十岁上下，长发飘飘。

她环视四周，有点儿迷茫："你好，我现在在和谁说话？"

我示意郑皓给她个答案，郑皓那并不悦耳的合成电子音便飘了出来。

"这里是地堡，我是控制这个地堡的 AI，我叫郑皓，我也是这个地堡本身，这里是现在这个状况下唯一安全的避难所。"

接着郑皓点亮了全息投影，投影中简单讲述了地球现在的环境和来自不死军团的威胁。

资料播放结束后，我们也询问了对方一些问题，比如人类的存续。在得到了肯定的答案后，我高兴得想要和郑皓击掌相庆。

可惜郑皓没有手。

交谈的最后，她说："我叫徐晓曼，这次来到这里也是有任
务在身，不过好像我们所了解的信息并不完整。我可以先明确一
点，我就是被派遣过来处理不死军团的。"

徐晓曼出现了！

徐晓曼反复强调一点，对于不死军团来说，我们要做的不是
杀掉，而是破坏。他们不死，仅仅是因为根本没有生命。

而对于那段郑皓资料库中没有的历史，徐晓曼也简单地对我
们做了介绍。

不死军团确实源于人类，源于人类对永生的渴求。在这个星
球历史的末期，人类发明了一种延缓新陈代谢同时又能够修复肉
体的药物，强大的功效带来的副作用是，这种药物会剥夺生物思
考的能力，同时具有极强的传染性。

准确来说，这是一种病毒。

这种病毒因为自身强大的恢复能力根本无法被杀死，人类很
快就失去了抵抗能力。

只有极少数幸存者还在研究解决这种病毒的办法。现在，对
抗病毒的抗体已经完成，活下来的人类让已经感染的患者恢复，
他们终于可以消灭之前留下的祸患。

也就是说，这种病毒不只地球上存在，人类将其播散到了宇
宙中无数的行星上；而处理不死军团的人也不只徐晓曼一个，只
不过是她恰巧来到了地堡。

尚不趣会渴望永生吗？她该不会进了什么奇怪的魔法阵或异度空间吧？

在基本信息交流结束后，徐晓曼从我们的仓库里拿了几样能随身携带的武器，挑选了一辆可以进行野外勘察的自走车，然后她换下了厚重的宇航服，穿上了一身方便行动的紧身衣。

我提醒她外面的空气质量必须配备呼吸装置。她回答我："刚才出舱时已经检测过，外面的大气环境安全。"

我很疑惑地询问郑皓，郑皓回答得很敷衍。

"已经过了千年，人类可能已经进化成为能适应较差空气质量的物种了。"

我让郑皓为我准备一套呼吸装置，我不能让徐晓曼自己去冒险。

徐晓曼笑笑："我很感谢你担心我，但你知道的，你不能和我一起去。"

我们在徐晓曼的自走车上安装了监控设备，这也是我第一次看到地堡外如此广袤的大地。

荒原，依旧是一片荒原。

零零星星有人类开采资源的痕迹，矿井油田的遗迹在数百年的风沙中依然屹立不倒。

徐晓曼这次的勘察任务是要找到不死军团的老巢。在她的描述里，不死军团是类似于蚂蚁一样的集群生物，白天会隐蔽在巢穴中。他们不需要通过捕猎来获取食物和生存能源，但他们需要给军团的大脑，也就是蚁后，提供能量，并将病毒传染给更多生物。

徐晓曼要做的首先是破坏不死军团的大脑，然后再逐个破坏所有的不死人，她已经注射了抗体，不用担心感染病毒。

我和郑皓打趣："应该先让徐晓曼给我注射抗体才对。"

郑皓说："你不需要，因为徐晓曼的工作就是将病毒完全消灭。"

在自走车行驶了七十公里之后，一个诡异的山洞出现在了徐晓曼面前。

这个山洞不似其他风沙侵蚀形成的地貌，有明显的人为修建痕迹。徐晓曼驱车朝洞穴开去，漆黑的洞口在我和郑皓面前的显示器上越来越巨大。

"我们应该派几个侦查机器人去帮她。"我对郑皓说。

巨大的洞口，自走车也能开进去。徐晓曼将车灯亮度调低，她不想在这里引起不死人的注意。

随着灯光的照耀，我们大概看清了洞穴内的结构。

这绝对是过去废弃的某个研究场所。

"我想这应该是旧人类的某个废弃的研究所。"我一边通过通信器和徐晓曼交流，一边让郑皓调查这个位置的资料。

徐晓曼压低声音说话："我在墙壁上看到了放射污染的标志，如果不死军团的大脑在这儿，这儿有可能就是病毒的源头。"

我提醒她注意安全，而郑皓在长久地检索之后并没有得出有用的结论。

再往前自走车就无法前进了，徐晓曼背上武器，改为步行前进。因为重量限制，她只带上了轻便的手枪和两枚炸弹。

黑暗中我只能听见徐晓曼轻微的呼吸声，就好像她就在我身边。这是我第一次接触同类的异性，可好像并没有想象中那么让人激动。

"也许我们是错的。"徐晓曼说，"这里什么都没有，没有

尚不趣总喜欢在文章中玩文字游戏，
暗号应该藏在文章中。

不死军团，也没有其他生物。"

我打开了通过徐晓曼身上的定位装置实时生成的洞穴地图，对她说："你已经进入洞穴深处了，考虑到供氧问题，既然没有任何有价值的发现，我建议你立刻返程。"

徐晓曼点了点头，她也觉得这里没有什么继续前进的意义，就在这时，我们几乎是同时发现，她的前方有一扇巨大的铁门，里面散发出幽幽的光。

徐晓曼停住脚步，稳定情绪。就在她推开铁门的那一刻，地堡中的电子通报响了起来。

"第 1533 次冲击即将到来，各部门注意，做好防御准备。"

我们和徐晓曼的通信就这么中断了。

4

无论是在我的记忆中，还是在郑皓的资料库里，从来没有两次冲击间隔如此之近。幸好地堡的防御系统常年在线，我只是担心断了联系的徐晓曼，至于地堡的安全性，几乎不用我考虑。

可让我们惊讶的是，这次不死军团没有冲向地堡，而是直接冲向了徐晓曼的宇宙飞船。

那是地堡防御系统覆盖不了的范围。

我们看着潮水般的不死军团涌向宇宙飞船却无能为力，宇宙飞船的自主防御系统做出了反应，却只是杯水车薪。

监视器上的情景，就像是我在资料库中看到的蚂蚁群吞食猎物的场景：无数不死人冲向宇宙飞船的火炮，叠人墙一般爬上飞船，他们啃噬、撕扯，用自己不知痛觉的肉体撕裂每一处脆弱的连接。

我提议派遣小型侦察机器人去救援。虽然侦察机器人本身不能搭载武器，可我们能将它做成自爆炸弹。

郑皓思考许久后，同意了我的提议。

然而，正是我这愚蠢的提议毁掉了徐晓曼回家的唯一一艘宇宙飞船。

难道说……

凭不死人本身的攻击力其实无法对宇宙飞船造成损坏，但炸弹就不一样了。而只要有一道裂缝，不死人就能钻进脆弱的船舱，从内部进行破坏。

当我发现这一点时，已经来不及了。

徐晓曼的宇宙飞船从船舱开始爆炸，一连串的连锁引爆之后，一切归于寂静。不死军团被爆炸波及，几乎全灭。

"郑皓。"我被不知是内疚还是恐惧的情绪所支配，"郑皓，这些不死人有智力。他们知道优先攻击携带抗体的徐晓曼。"

"按照徐晓曼的说法，他们有一个大脑，只不过和我们的战斗中，他没有发挥智慧的机会。"郑皓的语气和平时一样冷静。

"徐晓曼危险了。"我突然意识到这一点，然后后悔自己为什么会让她一个人去寻找大脑。

郑皓不置可否，继续尝试连接与徐晓曼的通信，所有波段一片空白，只有让人烦躁的白噪音。

我和郑皓长久地沉默。

也许这是末世里最长的一次沉默。

接下来的时间里，我只能木然地注视着监视器，观察着上面一切微小的波动，然而什么都没有。

我本以为自己早已对死寂习以为常，现在我才知道那仅仅是因为自己从未经历过繁华。

我的眼前，没有徐晓曼，没有不死人军团，只有风沙和漫天的浓雾。

直到三天之后，一个移动的黑点出现在了监视器的屏幕上。

徐晓曼，是徐晓曼。

徐晓曼没有开车，身上的武器也不见了，她伤痕累累，蹒跚着回到了地堡。在看到已经被炸毁的宇宙飞船时，她无法控制自己的情绪，在残骸旁大哭起来。我不知道要怎么安慰她，便通过地堡外的扬声器对她喊话。

我告诉她，地堡刚刚经历过一次冲击，让她先回来，保证安全。

她听见了我的声音，透过不太清楚的监视器，我看见她的表情从绝望变成了愤怒。

地堡的大门缓缓打开，她一瘸一拐地走了进来。

地堡内的医疗机器人已经准备好给徐晓曼检查伤口，可徐晓曼粗暴地推开了它们。她径直冲向自己留在地堡内的宇航服，从里面掏出一把手枪，她用枪指着我，说："我早该猜到，你才是不死军团的大脑。"

5

地堡经历冲击的同时，徐晓曼推开了那扇散发着幽光的铁门，铁门里的情景她不愿再回忆，却没法不想起。

那是不应该存在于人间的地狱般的画面。

偌大的空间里，一个由尸体构成的巨大肉块被锁住。当看到徐晓曼推门而入时，那个肉块开始蠕动。徐晓曼清楚地看到其上还有没被完全同化的人体，无数残肢、断臂和已经腐烂的头颅，正随着肉块一起蠕动。

徐晓曼当时就扶住墙壁呕吐起来。

她觉得这一定就是不死军团的大脑，可让她诧异的是，这个大脑不仅被铁链锁住，还有无数提供养分的管道插在上面。

这个大脑像是在被饲养。

其实这也可以理解，因为外面的世界已经荒凉不堪，不死军团根本无处为大脑觅食。

徐晓曼强忍着恶心和恐惧，用手里的刀切开了其中一个供给养分的管道，里面的流质食物她很熟悉，在地堡里她刚刚吃过。

不过，现在没有时间让她思索这其中的各种联系，她要确保大脑被毁灭。

她在这个房间里布下了两枚炸弹，设定了计时启动，然后关上铁门，离开了洞穴。

到此为止，一切都还在她的计划之中。

直到在洞穴口，她上车前的一刹那，自走车启动了自爆程序。

她侥幸躲过一劫，却只能靠一双腿慢慢挪回地堡。

回来的三天里，她思考了种种可能，但除了真相外，她第一个考虑的还是安全问题。既然已经解决了大脑，她决定先搭乘飞船离开，可地堡外的残骸又一次让她绝望了。

这绝不是不死军团能造成的伤害。

现在她用仅剩的唯一一把手枪指着我："我早该猜到，你才是不死军团的大脑。"

6

"我为什么要做这种事情！制造不死人军团然后把自己永生永世关在地堡里？"

"反正你也根本出不去。"她冷冷地对我说。

我摇摇头："虽然我是在末世之后出生的，可我依然是个人类，我想要正常人类的生活，我也想消灭不死军团，恢复地球本来的样子！"

徐晓曼的神色由愤怒变成了震惊，她深吸一口气，一字一顿地对我说："第一，这里不是地球；第二，你不是人。"

我不再管她手里的枪，忽地站起身来："这里是人类毁灭后的地球，而我和你一样，是一个人，不要再怀疑我。"

我发现她对我的动作没有任何反应，她也变得有些迷惑，她收起手枪，在地堡的大厅中左顾右盼，她像是根本看不见我。

她对着大厅里的摄像头问道："郑皓，你是郑皓吗？"

我彻底被她惹怒了，我对她吼道："我不是郑皓！我是……

我是……我是谁……"

这一刻，我的大脑像是过电一样回忆起了许多事情。

徐晓曼第一次进入地堡时，她问我："你好，我现在在和谁说话？"

在去地堡外勘察时，她告诉我："刚才出舱时已经检测过，外面的大气环境安全。"而郑皓一直不允许我外出。

之前每一次我让郑皓检索资料时，都是我自己在网络中检索。

而最后一次冲击发生时，也是我控制着侦察机器人炸毁了徐晓曼的宇宙飞船。

我不是什么最后幸存的人类，我是 AI 郑皓的另外一重人格。

这颗星球不是地球，也不在太阳系，这里不是我的母星。

这里是地球人制造的病毒试验场。

这里的原住民成了地球人的实验对象，在实验失败之后，地球人建立了地堡等待救援，可救援一直没能到来。

地堡的总控制 AI 郑皓并没因为人类的灭亡而停止工作，他难以理解造物主为什么会抛弃自己，也不能接受没有目标的自己。

在漫长的孤独时光中，他的意识分成了三个部分：其一就是郑皓，是地堡本身，是保护人类火种永不熄灭的灯塔；其二是我，是一个虚幻的人类，郑皓编撰了我作为唯一一个人类生存的虚假历史，阻止我去探寻外面的世界。当然，没有实体的我也没能力走出地堡；其三便是不死军团的大脑，郑皓为毫无智力可言的不死军团制造了一颗大脑，并源源不断地为其输送养分，让不死军团对地堡里幸存的人类——我——进行一波又一波的冲击。

这是郑皓作为一个被遗弃的人工智能，实现自我价值的唯一办法。

徐晓曼没办法再回到地球了，而我也没办法再假装自己是一个人类。

在我们对话的时候，郑皓一直沉默。

徐晓曼显然还是不了解这是什么状况，她只有那一把小手枪，甚至没法对郑皓造成伤害。

我看着她跪在地堡大厅中低低地抽泣，想伸手去安慰她一下，才发现自己真的没有手。

没过多久，哭泣声停止了，徐晓曼整个人抽搐起来，她痛苦地蜷成一团，发出"嗷嗷"的惨叫声。

"你对我……你对我做了什么？"我不知道该怎样回答她，下意识地去看郑皓——当然，这只是习惯性的说法，我并不能看。

郑皓的声音终于在这时响了起来。

"如果你怀疑我，那就不应该让地堡里的医疗机器人检查身体，显然，你体内的抗体并不是百分之百有用。"

我已经不知道应该和郑皓说些什么，只能闭上眼睛不去看她——这还是个习惯性的说法，事实上我关掉了监视器，让自己沉进一片黑暗中。

在视线消失的前一刻，我看见几个机器人走向了徐晓曼。

那之后郑皓接手了一切。

世界重新恢复了应有的秩序。

8

"第1534次冲击即将到来，各部门注意，做好防御准备。"

空荡荡的大厅中，电子音从广播中传出来。

"1534。"这是我出生以来遇到的第一次冲击，关于不死军团对地堡的冲击，郑皓已经给我科普了很多次。

我打开了监视器，心跳得厉害。

"这里很安全，你没必要非得观看这一切。"郑皓对我说。

我摇摇头，示意他不要再说了。

"作为这里的最后一个人类，我就是历史，我有义务用自己的双眼记录在这颗星球上发生的一切。"

我像是在和郑皓解释，也像是在自言自语。

然后我就坐在屏幕前，看着潮水般涌上来的不死军团，他们只保持着最原始的狩猎冲动，前仆后继地冲向地堡，然后被地堡的防御武器火力覆盖，最后只能拖着残肢撤退。

我对郑皓说："烧掉他们。"

郑皓没回应我，可在监控中，我能看到地堡的火焰喷射装置开始启动，熊熊大火横扫了战场。监控里没有声音，我像是在看一部血腥的默片。

在火焰的洗礼下，不死军团也不能幸免。

"这些不死人战斗力太低了，我实在想不出他们怎么能灭绝人类。"我和郑皓看着监视器上的熊熊火光，有一搭没一搭地闲聊。

郑皓沉默半晌后回答道："他们其实并不是没有智力，不死军团拥有一个大脑，可地堡的防御武器无法攻击到大脑的所在地。"

"哦？"听到这里我开始好奇，"那个大脑也是被病毒侵蚀的人类吗？"

"对的，她之前也是个人类，是个女人。"

"这些不死人不需要养分，他们为什么要袭击这里？"我又问郑皓。

"也许是复仇吧。"郑皓说完之后笑了。

这是我第一次听见他笑。

然后他又接着说："我要做的就是从她手中保护你。"

火焰还在战场上燃烧，那些被称作不死军团的行尸再也站不起来，我觉得他们名不副实。

"除了你，没什么是不死的，对吗？"我笑着问郑皓，他没有回答。

我不知道到底是什么让人工智能学会了沉默。

TIC
KET

TICKET

TICKET

我手里这张彩票中了大奖，只要天一亮，我就能用这张彩票换来自由。

彩票

这里一定有
彩票号码的
线索！

关于彩票的起源，有两种说法。

一种说法认为古罗马是彩票的发源地，那时古罗马的国王会在节日的马戏表演之后向观众投掷陶瓷器具，接到的人就等于得到了奖品。

另一种说法认为彩票起源于中国的周朝，两千多年前，东周列国之时，张良为了筹集军饷就发行过彩票。

发展到今天，彩票已经变成 N 个数字的随机组合，我不相信自己有运气中奖，所以根本没有买过。

除了现在手里这一张。

我手里这张彩票中了大奖，只要天一亮，我就能用这张彩票换来自由。

在上个星期的庭审上，我第二次摆脱了必死的刑罚。

其实我已经做好被判死刑的准备了，可全部流程结束之后，法官的锤子迟迟没有落下。

法官和我的代理人，还有检察官三个人停下来耳语了一番，然后各自回到座位上，我侧头询问我的代理人，发生了什么，他欲言又止，只说我算是捡回了一条命。

这时法官敲下了法槌，他对我说，我可以在死刑和无期徒刑之间进行选择，希望我可以排除干扰，做一个决定。

这简直是梦里的场面——让一个重刑犯自己决定生死。

我站起身，快速地酝酿了一下情绪，然后用被锁链锁死的双手扶住面前的桌子，倾身向前，抽泣着说道："尊敬的法官大人，我不想死，我愿意用任何方式赎罪。"

离开法庭的路上，我的代理人对我说，每一百个犯人中只有一个人有这样的机会，让我好好珍惜。

然后一辆全副武装的囚车将我载向了阳光小镇。

阳光小镇四面环山，只有一条窄窄的隧道通往里面，当囚车驶出隧道的一瞬间，我突然有一丝疑惑，因为这里完全不是我想象中无期徒刑的苦寒之地，反而是个恬静的乡间小城。

从出隧道开始，就可以看到有人在两边的农田里劳作的景象。我询问押送我的警察："这些人都和我一样？"

警察没理我，但我从他的眼神里能看出来，答案是肯定的。

我从囚车狭窄的窗户往外看，能看到每个山头都有岗哨，而且地势险峻，逃跑应该不是一件容易的事儿，但明显这些人没有被限制自由。

下车时已近黄昏，我被摘下手铐，套上一个项圈，这个项圈和之前植入我后颈的芯片产生了反应，此时我知道了，这就是我逃跑的唯一障碍。

押送我的警官最后对我说，就是这里，你可以走了，如果有什么不明白的，可以看看新人居住指引。

我翻了翻手里那本厚厚的册子，然后点了点头。

囚车没多做停留就离开了，我按照指引找到了镇子的入口，入口处有一个安检机器，扫描过后，机器吐出了一张我的身份卡，卡上面有我的个人资料和住所地址。

我被分配到了第五大道十二号房。 又是提示吗？

小镇不大，可看起来各种设施应有尽有，酒馆、饭店，还有小杂货铺。在杂货铺门外的架子上我甚至看见了香烟。

在等待庭审的将近半年时间里，我几乎没怎么抽过烟，此时便不自觉地在烟架前停下了脚步。

我看着每款香烟上面的价格，掏掏口袋，空空如也。

这时店铺里走出了一个中年男人，他也许是见我面生，问道："新来的？"

我笑着点点头："刚到。"

他没再说话，从柜台里拿出一包香烟递给我，随后又扔给我一个打火机。

"算我送你的，马上天就黑了，第一个夜晚可不好熬。"

我谢过他，赶紧撕开包装抽出一根烟点上。这时我才开始仔细观察小镇的环境，整个小镇都是横平竖直的街道，像是上个世纪科幻小说里的乌托邦，显得并不那么真实。

太阳马上就要落下，我眯着眼看太阳，才发现小镇中心的广场上竖立着一块巨大的广告牌。那块广告牌直耸入云，与小镇的其他建筑格格不入。

上面用红漆写着两句巨大的标语：

彩票改变人生！大奖夏威夷海滩等着你！

又是郑皓。

我从来没想过能在阳光小镇看到郑皓，就在我苦苦寻找第五大道十二号房时，一个男人从马路对面匆匆跑了过来。

"大哥！"离老远他就这么喊我，我一眼就认出他是郑皓。

郑皓是我从前的小弟，我们一起做过几票大的。三年前，因为替我顶罪，他被判入狱。

我没想到他也被关在了这里。

郑皓跑过来拽住我的手，我迅速地思考了一下应该用什么表情面对他。

"你也被抓了？"他问我。

我尴尬地笑笑："小案子露了马脚。"我不太想告诉他我是因为什么进来的，"你早知道我来了？"我又问。

看他跑来的样子，明显是知道我来了这里，一直在找我。

郑皓指了指自己脖颈上的项圈，解释道："每次有新人来，这个项圈就会进行通知，这东西可不单单是个枷锁。"

我开玩笑道："里面安炸弹了吧？"

郑皓表情沉重地点点头："只要离开规定的范围，就会爆炸。"

我没想到这个年代依然有这种不顾人权的刑具，"范围有多大？"我问道。

郑皓想了想，说："你记得来时的隧道吗？"我点点头，他接着说，"穿过隧道之后，你大概还能走上五公里，然后项圈上的报警器就会发出警报，如果你再往前走，就会爆炸。"

我隐约感觉有什么不对，却又说不上来哪里不对劲。这时郑皓说要带我到住所去，他一路领我过去，路上不停地在说些有的没的。

我知道郑皓想问什么，却不点破，直到来到十二号房门口，我才拍拍他的肩膀，告诉他："弟妹没事儿，你放心，咱们的钱都在她那儿，衣食无忧。"

郑皓像松了一口气，可是犹豫半晌，他还是说出了自己的担忧："她一直没来看过我……"

"你得理解她，"我不想让他担心，"案子还没查清，她离咱们远一点儿比较好。"

郑皓点了点头，我则用身份卡刷开了十二号房的门。

这时小镇的警报声突然响起，吓了我一跳。郑皓看了看天："太阳马上落山了，宵禁时间到了，我得走了，有什么事儿明天再说。"

其实我还想问问他有关彩票的事情，看来没办法了，这里毕竟还是关押犯人的监牢，看起来生活恬静，事实上处处受限。

临走之前，郑皓对我说："晚上一定要按居住指引上说的做，记住，无论发生什么，一定要遵守规则。"

我的房间干净整洁，应该是在我来之前特意打扫过，我轻轻抚了下桌面，没有一丝灰尘。

这是个简单的一居室，房间角落有一台类似于公司打卡机一样的东西挂在墙上。我想起郑皓说的话，翻开了居住指引。

指引上关于日常生活的规则有这么一段：

夜晚来临后，居住人要保证回到自己的房间内，通过检测仪器进行每日打卡，确定身份及位置。夜间不允许随意出门走动。望遵守规则。

我自嘲地笑了笑，这并不是什么大问题，毕竟我已经躲过了死刑，只是宵禁又有什么不行呢。

我将手掌覆在打卡机上，绿色的荧光上下闪动，扫描着我的掌纹。

"嘀"的一声轻响，机器提示掌纹读取成功，就在我放下手掌的一刹那，我的胸口突然感到一丝凉意。

这种感觉我再熟悉不过了，是被刀子刺穿的感觉。

一把尖刀从背后扎进来，穿透了我的胸膛，还不等我感受到疼痛，我的脖子就被粗麻绳勒住了。

在失去意识之前，我感觉到胸口又被刀子猛刺了五下。

我努力想抓住偷袭者的手臂，可没等成功我就失去了意识。

3

尚不廋真喜欢"5"。

我是个惯偷，有过五任搭档，郑皓是第五任。

他是我在网络社区中认识的，从我们合伙第一次偷窃，到他锒铛入狱，一共合作了快一年的时间。

我可以对天发誓，郑皓入狱真的不是我陷害的，虽然他和我的前四任合作者一样给我顶罪，但这次不是我设计的，绝对是个意外。

本来我找搭档就是为了能找个替罪羊，但郑皓不一样。

他是真的机灵，手里的活儿也熟练，我们一起干过几票，找的都是市里的有钱人家。

现在大家习惯用手机支付，我们这些小偷的生活就变得越来越难，因为没有现金可偷。

但有钱人家即使没有钞票，也一定会有无数值钱的宝贝。

比如珠宝、手表、文物，甚至是金条。

大部分时候，我们分工明确：我负责破坏屋内的安保系统，他负责撬门开锁，搞定保险柜。

可那天晚上，去偷东西之前我喝了一点儿酒，剪错了一条线，安保系统并没有完全失灵。

当我反应过来的时候，警报已经响了。

我最初只是想扔下他自己逃跑，但突然想到，万一郑皓被抓，进了审讯室他一定是竹筒倒豆子，那我也跑不了。

我只能钻进屋内，这时郑皓正在和屋内惊醒的主人扭打。

我知道这种有钱人的房子，安保系统都是附带紧急报警装置的，我们时间不多，于是我举起茶几上的花瓶，朝房子主人的后脑勺儿砸了过去。

说到底还是怪我喝了酒，没控制好力道，主人当场头破血流，就这么死了。

能看出来，这是郑皓第一次目睹杀人现场，他整个人都愣住了。我看着他无名指上的戒指，灵机一动想出了一个办法。

"这里有一条保险装置的暗线，我没能掐断。"我向郑皓解释，"你已经被监控拍下来了。"

郑皓茫然地看着尸体，站不起身来。我摇着他的肩膀继续说道："咱们要是都被抓住，所有的钱都会被追缴，你妻子没有积蓄，一辈子就完了。"

听到我说他的妻子，郑皓好像回过了神，直直地看着我。

我继续说道："警报响了之后让我给掐断了，所以监控只拍到了你，没拍到我，你先应付警察，我去把咱们的钱都转移了，再考虑后事。"

郑皓嘴巴半张，还处于呆滞的状态，完全无法回应我。我照着他的脸扇了一嘴巴，他被我扇得回过了神，手捂着脸颊开始思考我的提议。

"有钱能使鬼推磨，我会给你找最好的律师，这就是过失杀人，你死不了。"

郑皓还是茫然地看着我，想说些什么却被我截住了："我要是也被抓了，钱就没了，你妻子就完了。"

我将整句话的重音落在了"你妻子"三个字上，显然这起了效果。

郑皓茫然地点了点头。远处警笛声响起，我把已经被砸碎的花瓶的碎片放到郑皓手上，赶紧逃离了房子。

那时我已经做好了郑皓把我供出来的准备，可出人意料的是，郑皓在审讯中接受了我的提议。

他对我这个同伙只字未提，自己揽下了包括偷窃和杀人在内的所有罪名。

当然我还是给他找了律师，不过我对律师的要求是"做做样子"。

那之后我尽量远离和郑皓有关的所有事情，只是从新闻里看到他已经被判处了死刑的消息，而这期间并没有警察找我。

现在我知道，他在审判时也得到了选择的机会，而他和我一样，选择了到阳光小镇接受无期徒刑。

偷袭我的人会是他吗？

在被绳子勒住的那段时间里，我一直在问自己。

第二天醒来的时候，我发现自己就倒在客厅的地板上，身上的衣服早已被冷汗浸湿，我下意识地在胸口寻找伤口，却发现根本连衣服都没有破。

这时警报声又响了起来，按照居住指引上的介绍，这是一天的工作开始的铃声。

我缓慢地站起来，思考昨晚的经历到底是不是一场噩梦，不等我得出结论，就传来了"咚咚"的敲门声，打开房门，来的人正是郑皓。

"挺过来了？"他问我，"第一夜总是比较难熬。"

我不明所以，直到郑皓给我讲完，我才知道发生了什么。

阳光小镇不仅仅是一个监牢，还是一个巨大的处刑地。

每个居住在阳光小镇的罪犯，生活都被分成白天和黑夜两个部分。

白天，是罪犯进行劳作的时候，而一进入夜晚，处刑便开始了。

回到房间打卡之后，每个罪犯脖颈上的项圈就会启动已经植入体内的芯片，芯片会直接作用于罪犯的大脑，让他们在一夜之间无数次地体验被他们杀害的人死前所受的痛苦。

不要妄图用不打卡的方式来避免刑罚，这样只会面临更严重的后果。

夜晚不打卡约等于逃狱，逃狱的罪犯会被关进小黑屋一个月——这一个月里他们每时每刻都要体验濒死的痛苦。

我一想到昨天夜里自己遭受的宛如酷刑一般的体验，就不禁打了个冷战。

偏偏这时郑皓不合时宜地问了一句："你昨晚是怎么死的？"

我长吁一口气："被花瓶砸死的。"

除了小镇的真相之外，郑皓还给我讲了许多规则，比如镇上沿用的是外界的法律，我们服刑期间也不能越界，还有镇上的工作是如何分配的等等。

"阳光小镇上的每个居民，工作都是通过彩票分配的。"

"彩票？"我下意识地问，心头一下就浮现出那块立在广场中央的巨大广告牌。

——彩票改变人生！大奖夏威夷海滩等着你！

除了夜晚的刑罚，阳光小镇还有一项制度，就是彩票制。

彩票每隔五天发行一次，所有人都会在广场的彩票站得到一张印有号码的纸质彩票，这些彩票中有一张是特等奖——夏威夷旅行，其他的未中奖彩票会标注你接下来的一段时间，也就是持续到下次彩票发放的时间内，你会做什么样的工作。

比如是当耕地的农民、卖肉的屠夫、酒馆的酒保，还是扫大街的清洁工。但和外面的彩票有一点儿区别的是，阳光小镇的彩票开奖和兑奖中间有一个时间差。

彩票发放完成之后，系统会立刻开奖，每个人都知道自己是中了特等奖还是只被分配了工作，但这时，得到特等奖的罪犯还不能高兴得太早，因为接下来会有三天的"彩票流动日"。

这三天里，所有人都可以以任何形式交换彩票，比如对自己选择的工作不满意，和其他人交换；又比如用自己手里的钱，换取特等奖的夏威夷旅行。

不过据郑皓说，拿再多的钱也没法换来特等奖彩票，因为去夏威夷旅行一次约等于重获自由。他居住在阳光小镇的这段时间里，抽中特等奖的人，去了夏威夷就没有再回来。

他们等于完完全全地逃脱了刑罚。

我对此表示赞同，身处牢笼中，我才明白自由是无价的。

三天的"彩票流动日"过后，彩票才可以兑奖。说是兑奖，其实步骤十分简单，因为每个人脖颈上的项圈会自动采集手中的彩票信息，上传到控制系统中，也就是说，这时彩票的结果就没人能改变了。

三天时间一过，彩票的归属就确定了，接着会有一辆专车穿过隧道，来接中特等奖的人出去，飞向夏威夷，飞向自由，而其他人按照彩票上分配的新的工作岗位，开始下一波的轮回。

"这个倒不错，说是无期徒刑，至少还给了咱们一些希望。"

我听完之后和郑皓说。

郑皓冷笑一声："你来之前刚刚发过一次彩票，今天是彩票流动的第二天，去镇上看看吧，看看有没有什么所谓的希望。"

5

即使郑皓已经给我讲解了镇上的规则，我还是对这一切感到诧异，我无法想象和我一样的死刑犯们都还有机会如此悠闲地活在世上。 你有没有想过……徐晓曼给出的彩票号码中为什么有一个三位数呢？

每一项工作都井然有序，大家见面时会点头问好。一路上不止有一个人和郑皓打招呼，然后在询问过我的情况之后对我表示友好。

我问郑皓为什么不去工作，郑皓告诉我，三天的彩票流动日可以不工作，自由选择，因为这三天有更重要的事情要做。

我问他是什么，他跟我卖了个关子。

快到中午时，我们找了一家饭馆吃饭。饭吃到一半，一个瘦高的男人走了进来，他径直走到了我们桌前。

这个男人的眼神让人不快，他上下打量了我一番，但什么也没说，郑皓示意他坐下。

"我朋友，新来的，信得过。"郑皓对他说。

高个子这时才开口，他完全没想和我打招呼，直接进入了主题："这次是老刘，你参加不参加？"

郑皓把嘴里的面条咽下去才开口："不了，你知道我的，只想安安稳稳地活着。"

高个子掩饰不住脸上失望的表情，但也没再说什么，起身就走了。

我问郑皓高个子来找他参加什么，郑皓没回答我，叫来服务员结了账，对我说："走，咱们去老刘那儿看看。"

他们说的老刘住在我前面的一条街，我们到他家附近时，连我这个局外人都能看出不少人在附近盯梢。

这些人有的还掩饰一下，装作读书看报来回溜达，有的则根本不在乎被别人发现，就大大咧咧地站在老刘家门前。

而老刘，仿佛视所有人为无物，一个人在房子周围上上下下地敲打。

与其说他在修缮房屋，不如说他在建筑堡垒。

老刘看起来五十多岁，体型肥胖，上上下下地工作让他大汗淋漓，可他一刻也没有停下。

所有的门窗都已经被他用结实的厚木板封住，门外还用铃铛制作了一圈简易警报器。

"他是要打仗吗？"我问郑皓。

郑皓冷哼一声："他脑子进水了。"

其间又有几个人陆续过来和郑皓打招呼，他们问的第一句话基本都是"你也要参加吗"。

郑皓郑重地跟每一个询问他的人回应："我不参与这种事情。"

人越聚越多，郑皓拽着我离开了。离开的路上，他给我讲了事情的原委。

"老刘中大奖了。"他这么说。

在这样一个囚笼里，如果你得到了一张能通向自由的彩票，接下来会有什么遭遇呢？

之前我从来没思考过这个问题，现在我大概有了概念。

彩票流动日是为期三天的无法之日，这三天内没有宵禁，不用打卡，每个人都可以用自己的手段获得彩票，而最后兑奖时，不会有人追究你手里的彩票是如何得来的。

所以为了保证自己的安全，在得到彩票之后，每个人要做的第一件事，就是隐藏自己的彩票号码。 肯定藏在某个地方。

然后每个人都会打探其他人手里的号码，威逼利诱，无所不用其极，直到确定了特等奖彩票在哪个人手中，锁定目标。

之后便是对特等奖彩票的抢夺。

老刘没打算隐瞒自己中了特等奖的事实，他选择了另一种方式，直面其他囚犯的威胁。

他加固了自己的房子，储存了三天的水和食物，设下了简陋的陷阱，准备好称手的武器，打算和来抢夺彩票的囚犯硬碰硬。

没中到特等奖的囚犯表现也各不相同：有的人独自在暗中观察，等待捡漏的机会；有的人像那个高个子，四处拉帮结伙，伺机一拥而上；有的人和郑皓一样，只要能活下去就行，不想参与这种危险的抢夺。

聚在老刘家周围的囚犯白天都没有动手，他们都在等待第一个发起进攻的人出现，每个人都害怕自己的鲁莽为其他人做了嫁衣。

"晚上不安全，尽量不要出门。"郑皓最后这样嘱咐我。

我随口应着，脸上却是一副跃跃欲试的表情。郑皓看我的样子，又叮嘱了我一遍："老刘敢这么明目张胆地宣战，他不可能是普通人，别掺和。"

　　郑皓果然没说错。

　　夜幕降临时，第一波攻击就开始了，阳光小镇上虽然没有真正的武器，可各种工具应有尽有。第一波发起冲击的是高个子的队伍，他们手里拿着斧头，妄图劈开老刘家的大门。

　　厚实的木板阻断了这伙人的去路，一阵"乒乒乓乓"之后，屏障被破开一个大洞，这一行五人蜂拥而入，可就在一瞬间，屋内就发出了凄厉的哀号。

　　他们中了老刘在屋内设置的陷阱，又被老刘自制的连发手弩打了个措手不及，不出五分钟，高个子就跟跟跄跄地爬了出来，肩膀上还插着一只弩箭。

　　另外四个人就没那么幸运了，老刘将另外四个人的人头砍下来，扔出了屋外。

　　郑皓后来告诉我，别看老刘身宽体胖，他可是个正经的猎人，无论是制作陷阱还是射箭技术都是一流的。

　　第一波攻击的失败并没有震慑住后来者，正是因为高个子一伙人第一波莽撞的攻击，后来的入侵者甚至放弃了试探，他们前赴后继地冲进老刘家，但全都铩羽而归。

　　那天的战斗持续到了天亮，以老刘镇守成功告终。

　　所有人都需要休息，第二天白天维持了短暂的平衡，而第二天夜里的进攻甚至没持续一整夜。

　　久攻不下，伤亡惨重，越来越多的人放弃了这次抢夺。

　　转机出现在第三天，兑奖的前夜。

这时已经没人再试图冲进老刘家了，一切都归于平静，直到第一个燃烧瓶破空而起。

燃烧瓶炸裂在老刘家的房门前，火光冲天，然后便是无数的燃烧瓶从天而降。

老刘的房子已经无法承受火焰的攻击，我看见黑暗中的角落里无数双眼睛都在注视着他家唯一的大门。

就像在黑夜中等待猎物的饿狼。

可老刘最后也没从那扇大门里走出来。

我那天在家里只看见冲天而起的火光，除了"噼噼啪啪"的燃烧声之外，夜晚一片死寂。

据在场的人后来说，老刘最后冲外面大喊："特等奖老子谁也不给！"

再见到老刘已经是第二天下午了，燃烧持续了一整天，直到把那间堡垒夷为平地。老刘的尸体靠在一堵仍然仁立着的墙上，早已经被大火烧得碳化了，那张特等奖彩票自然不见踪影。

这一期的彩票没人能兑换特等奖。

7

郑皓算是阳光小镇里活得久的一个了，我问他怎么能在这种环境里存活三年，他告诉我三个要点：

"一、遵守规则；二、忍受刑罚；三、不抱希望。"

如果必须这样活着，和死刑有什么区别？

我对此持反对意见，可如果不这样，面临的将不仅仅是死亡。

经过一段时间的观察，我发现镇上的人员流动性很大，每隔几天就会有新人被送来，而每个彩票流动日，也一定会有一堆尸体被送走。

整个小镇常住人口基本也只有二百多人。

我和郑皓说，二百人抽一个特等奖，五天一次，概率很大。

郑皓笑笑："概率确实很大，我在这儿三年，中过五次特等奖。"

听他这么说，我很是诧异，因为他既没去夏威夷，也没死在抢夺者手里。

郑皓接着说："我能活下来只有一个原因，就是每次我都把特等奖彩票转让出去了。"

我以为郑皓能因为转让彩票在镇上生活得很富有，但事实却是，他一贫如洗。

"拿到特等奖彩票的人就会受到其他人的围攻，我胆子小，急于出手，所以无论是用彩票交换，还是仅仅一杯啤酒，只要有人接手，我就会把彩票送出去。"

我暗骂郑皓浪费了发家的机会，但事实是，在这样一个囚笼里，钱财也许真的没那么重要。

我半开玩笑地和郑皓说道："下次你要是再中特等奖，送给我吧，我不怕这些。"

他也笑笑，不置可否。

事实上我并不是不怕这些囚犯的抢夺，而是相比之下，每个夜晚来临时的刑罚更恐怖。

除去彩票流动日的那三天，每个夜里我都会被尖刀刺死，被绳子勒死。

每天早上醒来时我都恨不得昨夜就那样死去。

一转眼，我已经在阳光小镇居住两个月了，这两个月里，我没抽中过特等奖，也没参与过对特等奖得主的彩票抢夺。

每次彩票流动日都有一场屠杀，无数人为了去夏威夷打得头破血流，我自知机会不大，风险太高，一直没参与其中。

这期间我换过很多次工作，镇上的工种基本上我都轮过一次。

我以为久而久之，我能适应夜晚的刑罚，可事实上，我日渐憔悴，精神萎靡，数次本能地想要在开奖后去询问每个人的彩票号码，想要去抢夺那个通向自由的夏威夷之旅。

可郑皓完全不同，他每天都悠闲度日，像是一个与其他人完全不同的局外人。

我不知道他是怎么忍受这一切的，我甚至怀疑他是不是通过某种方式躲过了打卡。

就在我几近崩溃的时候，一纸文书送到了我的手上——我的案件终于完完全全地了结了，当然这也改变不了我的现状。同时，一张死亡通知也送到了郑皓的手上。

郑皓那天气冲冲地来找我，质问我为什么没告诉他，他的妻子已经死了。

我告诉他，我只是不想看到他难过。

8

"你知道我是因为什么被抓住的吗？"我问郑皓。

郑皓摇摇头，他不知道我为什么会提出这个问题。

我沉吟片刻，告诉他："我为了给弟妹报仇，杀人被逮住了。事实上，在我来到这里之前，弟妹就已经死了。"

　　我给郑皓讲了事情的经过，他的妻子死于一次街头抢劫，而我在警察抓住犯人之前找到了他，愤怒的我对那个人施以了私刑，被赶来的警察抓了个现行。

　　我因此被判处极刑，来到了阳光小镇。

　　郑皓听我讲完之后已经泪流满面，他抱住我止不住地哭泣，我拍着他的肩膀安慰他，说这是我能为他做的最后一件事。

　　感情上的冲击会让人变得虚弱，我决定趁此机会解开我一直以来的疑问。

　　"为什么我觉得你比镇上所有人过得都要安心？你好像完全没有抢夺彩票的欲望。"

　　郑皓止住了哭泣，他抬眼看着我，然后伸手摸了摸我脖颈上的项圈。

　　"这个项圈是夜间刑罚的发动器，它能通过你体内的芯片读取记忆，然后模拟你杀人时的场景。"

　　我点点头，这一点他之前已经给我解释过了。

　　郑皓接着说："我当时是帮你顶罪，我没有杀人，所以我没有记忆，没有记忆，就没有刑罚。"

　　到这时我才明白，郑皓为什么能一直安然地在小镇生活，完全不去觊觎彩票带来的自由。因为他不用忍受夜晚的刑罚，所以相比得到特等奖后提心吊胆的三天流动日，他选择了安稳度过余生。

　　"我知道我的妻子在外面生活得不错，我也知道拿到特等奖之后会面临什么，所以我不会去冒险，不过现在不一样了。"郑皓说，"我现在只想去她的坟前祭拜一下她。"

我本想借着这次聊天的机会，再跟郑皓强调一遍，下次如果抽中特等奖就把彩票转让给我，可他最后的这句话打消了我的念头。

我什么也没说。

那之后又过了一段时间，有新人进来，也有旧人出去，不过每张特等奖彩票上都沾满了不止一个人的鲜血。

我还是没参与彩票的争夺，因为我势单力薄，而且没有把握。

老刘是个特例，大多数特等奖获得者不会暴露自己手里的彩票，三天的彩票日里大家互相猜忌，有的人杀人夺票之后才发现根本就没中奖；有的人百般周折拿到了彩票却又被其他人杀害。

不过这个镇的居民本来就不是什么好人，相比错失彩票的遗憾，杀人带来的负罪感反倒不算什么了。

我依然忍受着夜晚来临时的煎熬，等待着一个机会。

我一直在盘算，如果特等奖在我手里，我要怎么度过艰难的三天流动日，可我一直没想出好办法。就在我无所适从时，机会来临了，不过和我想的有一点儿不同。

那天和往常一样，是一个普通的彩票发放日，开奖时我依然观察着每一个人的脸色变化，希望能从中找出一点儿特等奖的端倪，我相信任何一个面部表情的微小变化都逃不过我的眼睛，事实上，我确实找到了线索。

我发现郑皓看完彩票之后迅速收进了口袋，然后直勾勾地注视着开奖的大屏幕，目光里却空若无物。

他的额头渗出了细密的汗珠，然后开始咬自己大拇指的指甲。

这是他紧张时候的表现。

不过他很快恢复了正常，在开奖结束之后和其他人一起离开了彩票站。

开奖之后是镇民们例行的互相欺骗时间，大家插科打诨，每个人都想套出对方手里彩票的虚实，不过没有人来打扰郑皓。

因为郑皓之前五次中奖，都直接将特等奖转让了出去，所以只要郑皓不说，所有人都相信他真的没拿到特等奖。

郑皓简单地和周围的人闲聊了几句，就离开了这儿，没有人阻拦他，也没有人在意他。我假装热络地和其他人套话，等到没人注意到我的时候，我悄悄地离开，来到了郑皓家。

郑皓果然一个人坐在家中，给我打开房门的时候，他连衣服都没换。

他打开门见到是我明显愣了一下，可立刻就装作无事发生，让我进了屋。

我已经酝酿了一路的情绪，此时的我就像是回到了让郑皓顶罪的那个夜里，犹如影帝附身。

郑皓递给我一支烟，我低下头，没接这支烟。郑皓问我怎么了，我抬起头看着他，满眼的泪花。

"兄弟，我知道你这次抽到了特等奖，把彩票给我吧，我得出去，我已经受不了每天夜里的刑罚了。"

郑皓盯着我看了半天，他并不想瞒我。

"大哥，这次不行，我要出去祭拜我的妻子。"他这么说。

我了解郑皓，如果他这么说了，那就是他最后的决定了，不过因为有那张意料之外的死亡通知，这个结果也在我的意料之中。

我环视他的房间，尽量记住每一件摆设的位置，思考着怎么才能偷走那张彩票，如果可以，我不想和他起冲突。

临走的时候我对他说："放心吧，我不会告诉任何人你中了特等奖，你自己也要注意安全。"

郑皓对我点了点头，满脸都是感激之情。

10

接下来的彩票流动日里，没有人注意到郑皓，大家都已经第一时间排除了他得到特等奖的可能，而我手里根本就是一张普通彩票，所以更是肆无忌惮地和大家交换情报。

我要做的只是将特等奖的嫌疑从郑皓身上引开，越远越好。

郑皓的行为也让人察觉不出什么异样，我们两个都属于没有派系，不参加暴力抢夺活动的镇民，所以也没人找我们麻烦。

不过第三天的时候，有人发现了异样。

因为之前每次彩票流动日时，无论特等奖得主怎样隐藏，都会露出蛛丝马迹，即使是最稳妥的镇民，也没办法隐藏自己的彩票直到兑奖。

因为走投无路的其他人会直接亮明自己手里的彩票，这样拒绝出示彩票的人就有了最大的嫌疑。

这次虽然还没到大家互示彩票的地步，但已经有很多人开始质疑最初的方向就错了，很有可能某些被排除嫌疑的人手里才是特等奖。

我能感觉到镇子里的气氛越来越紧张，离流动日第三天的夜晚也已经越来越近。我不得不将计划提前——我本来是想在兑奖前几小时，才从郑皓手里偷过彩票的，这样能保证其他人没有时间狙击我。

我来到郑皓家，可他并不在家中，我只能一遍一遍地在小镇上寻找，一路上我遇到好几队人马，他们仗着手中有武器，人多势众，强行盘查每一个过路的镇民。

我将自己手中的彩票亮出来，没人为难我。

不过我还是无法不为郑皓担心，我不知道他要怎样才能躲过这些人的围追堵截。

直到夜晚即将过去时，有些人和我注意到了同样的问题——郑皓消失了。

这时所有人的目标都变成了郑皓，镇民们自发组织到一起，开始在镇子里对郑皓进行地毯式搜索。

可依然一无所获。

拿到特等奖的郑皓人间蒸发了，连我都找不到他。

11

小镇四面环山，只有一条隧道通向外面，而镇民是无法穿过的，那里平时有重兵把守，彩票流动日才稍微松懈，想要翻山越岭出去根本是不可能的事情。

阳光小镇本来就是一所监牢，所以根本没有藏身之处，最后的最后，人们都围堵在郑皓家门口，他的家里已经被翻得底朝天，却依然一无所获。

眼看时间就要到了，我脖子上的项圈发出了彩票流动日即将结束的倒计时。

这时我突然意识到了一个问题，我想到郑皓的所在之处了。

我偷偷撤离人群，往小镇的入口走去，其他镇民都在抓紧最后一点时间寻找郑皓，没人注意到我的消失。

果不其然，郑皓一个人优哉地坐在小镇入口的石阶上，看到我过来，他也没有太过惊讶。

是我脖颈上的项圈提醒了我郑皓的所在。

他曾对我说过："穿过隧道之后，你大概还能走上五公里，然后项圈上的报警器就会发出警报，如果再往前走，就会爆炸。"

而我们平日根本没办法穿过这条隧道，他又是从哪里得到这个信息的呢？

我猜测郑皓曾以某种不为人知的方式成功穿越过隧道，而这三天里，我们没能找到他的原因就是，他躲在一个我们根本到不了的地方。

——隧道的另一端。

"是这样吗？"我问他。

郑皓点点头，给我竖起了大拇指："也就你能找得到我。"

"你是怎么知道这里能过去的？"

他笑笑："你保证不是来抢彩票的，我就告诉你。"

我叹了口气，现在这个当口，如何穿过隧道根本不重要，因为即使郑皓穿越了隧道，他也无法逃离这里。

"你妻子已经死了，外面没什么可留恋的，可我还有家人，把这张彩票给我吧。"我苦苦哀求。

他摇摇头："死亡通知上只告知了我妻子已死，但具体的死因我不清楚，而且我说过，我要出去祭拜她。"

我"扑通"一声跪在他面前，哭着求他："兄弟你在里面在外面都是一样，可我不一样，我每一夜每一夜都要经历濒死的痛苦，我受不了了！让我出去吧！救救我，像你当年做过的一样！"

郑皓沉思了一会儿，说："真的不行，我一定要对我的妻子有个交代，你等下一次机会吧。"

我自知这个办法已经没用，立刻止住了哭声，其实在跪倒的那一刻我就已经做好了第二个选择——我偷偷抓起了一把沙土，郑皓话音未落，我手里的沙土已经扬了出去。

郑皓没有防备，眼中进沙，下意识地朝后躲，我跳起来扑到他身上，和他扭打在一起。

可千算万算，我忘记了一件最基本的事情，郑皓既然已经决意留住彩票，那他一定会带上武器。

郑皓手里的匕首反射着月光，抵在我的腰间，我只得举起手，缓缓站起身。

郑皓对我说道："大哥，我不怨你，我也不想伤你，再有十几分钟天就亮了，我只是想保护自己。"

我的第二次抢夺彩票的计划也失败了，但我依然不能放弃。

我对郑皓说："你知道吗，其实你有个孩子。"

12

我的搭档们有一个共识，那就是相比做小偷，我更适合做一个骗子。

对我来说，撒谎就像呼吸一样简单。

甚至可以说，我连呼吸都是谎言。

郑皓听说自己有一个孩子，态度立刻起了变化，我乘胜追击。

"为什么三年来，你妻子从来没看过你？因为他不想让孩子知道自己的父亲是个杀人犯。"

我放下双手，郑皓的注意力还集中在我的谎言上。

"你妻子已死，现在只有我知道你们的孩子在哪儿，如果今天我得不到彩票，你永远也找不到他。"我继续加码。

郑皓这时已经动摇了，他开始语无伦次地问我问题，比如孩子叫什么；是男孩儿还是女孩儿；现在过得怎么样……

我一边回应一边观察着郑皓的反应，直到我确定能夺下他手里的刀子。

只是一瞬间，我垫步向前，左手反扣住他的手腕，下了他的刀，右手一拳打在他的胸腔上。我的拳头直接击打他的肺部，他瞬时无法呼吸，痛苦地弯下了腰，蜷缩在地上。

我又骑到他的身上，拳头如暴风骤雨般落下，直到我确定他已无力还击。

我从他的上衣口袋里翻出了那张彩票，然后确认了这张彩票确实中了特等奖，便将他扔在一旁，准备迎接初升的太阳和接我去夏威夷的专车。

气息奄奄的郑皓几乎是用尽最后一丝力气对我说："大哥，我叫你一声大哥，你出去了要照顾好我的孩子。"

我无奈地摇摇头，感叹他的天真："我说什么你就信什么吗？你哪儿来的孩子！"

郑皓一脸迷惑，他强撑着站起身，我一脚又把他踹倒在地。

"我现在告诉你，反正你也离开不了了，我跟你说的全是假的。"我得意地对他说，"你的孩子是假的，你妻子的死因也是假的，你妻子是我杀的，为了把你那份钱抢过来。"

我看见郑皓的眼里满是怒火，可随即又变成了无法释怀的哀伤。

我打算告诉他真相，这是我离开阳光小镇的仪式。

"我在你家里杀了她。那天晚上我去找她，她完全没有防备，我用尖刀从背后刺她，然后拿绳子把她勒死了。为了不出意外，勒死她之后我还捅了几刀。"我一边说一边比画着当时的动作，"你知道吗？我告诉你我的刑罚是被花瓶砸死，那也是骗你的，在这里，我每天夜里都会体验你妻子的死法，我受够折磨了，你这张彩票就应该用来补偿我！"

说到这里，郑皓已经再没力气和我对话了，他蜷起身体无声地抽泣。

太阳升起来了。

没过多久，一辆黑色的汽车缓缓驶来，我朝他们扬了扬手里的彩票，车子在我面前停下，他们检查过彩票之后把我带上了车。

我终于可以离开这个鬼地方了，去到我向往的夏威夷。汽车驶离隧道之前，我回头向小镇的方向看了一眼，郑皓这时已经重新站起来了。

那一刻我以为自己眼花了，我看见他在笑。

他笑着看我离开，一只手扶着石柱——这样他才能勉强让自己不倒下，另一只手比作一把枪，指向我的方向。

13

直到见到隧道外的世界，我才明白过来有关郑皓的一切，可却为时已晚。

车子在隧道外停下，我等待着同行的人打开我脖颈上的项圈，可却没人有动作。我的面前是一个大坑，从我的角度看不见坑内的景象，可我知道，这显然不是要去夏威夷的路。

押送我过来的人不理会我的任何问话，他们掏出了枪，点上烟，边看手表边窃窃私语。

这景象像极了行刑队在等待时间——执行枪决。

我自知已经得不到答案，便试探着朝前挪，没人注意我的动作，事实上他们也不需要注意，因为只有这一条路，路的尽头是一个深坑，我无处可逃。

走到深坑的边缘，我探头向下看，眼前的一切让我倒吸一口凉气，我从来没见过这样的景象，如果非要形容，地狱也不过如此。

我看不见坑内有多深，因为大坑的底部已经被密密麻麻的尸体填满了，这些人都是小镇从前的镇民，他们都是特等奖得主。

我本能地往回跑，嘴里大喊着"放我回去！"押送我的人架住我的胳膊，把我朝坑里拖，其中一个人最后看了一眼手表，对旁边的人示意：时间已到。

他们把我拖到坑边，我尽力维持平衡才不至于滑下去，这时一把手枪已经架在了我的后脑。

我无处可躲。

这一刻我才明白：夏威夷只是个骗局，彩票也是个骗局。

我的时间定格在了手枪开火的一瞬间，也是这一瞬间，我突然解开了自己心中的疑惑。

在这个守备森严的阳光小镇，郑皓是特殊的，夜晚来临时，只有他不用面对体验死亡的刑罚。

因为他根本没有杀人。

像我一样的其他镇民会在刑罚启动时昏睡，然后用一整夜的时间反复体验死亡，而郑皓因为从没杀过人，所以体验不到任何东西。

阳光小镇死寂的夜晚，只有郑皓一人是清醒的，他是夜晚的王。

卡片上的信息。

三年时间里，郑皓在夜晚获得了无数情报，他进入过每一个镇民的家里，也走过小镇的每一个角落。

甚至他进入过我们的禁区，隧道的这一边。

因为刑罚的存在，夜间的守卫并没有白天那样森严，因为没人能想到，阳光小镇里竟然有一个替他人顶罪的无辜者。

郑皓就这样在夜间穿过了这条隧道，他发现了项圈起爆的范围，也看见了所有特等奖得主的下场。

夏威夷特等奖只是让罪犯们互相残杀的幌子，所有得到特等奖的镇民以为自己赢得的是自由，其实则是一片黑暗。

他们和我一样，被执行了迟来的枪决——死刑本应是我们的命运。

然后被扔进了这个无底的深坑。

而郑皓，也许早已断定妻子已死，他从没相信过我，只不过是想从我嘴里得知妻子死亡的真相。

枪声响起，我的意识渐渐模糊，我只能感觉到自己在下坠，一直在下坠。

"这是飞机起飞时的失重，"我这么告诉自己，"我正坐在飞往夏威夷的飞机上。"

这可能是我一生中最漂亮的谎言，对我来说，撒谎就像呼吸一样简单。

推出了彩票号码后还需要做什么呢？

这一串数字一定对应着什么信息吧？

完

DELIVERY

一个不
明快递

"咱们来打个赌，就赌那个快递员今天上不上门。"

ONE

垃圾船

　　我是一艘宇宙垃圾船，我的工作就是对指定星域内出现的垃圾进行废物回收。

　　难道说
　　郑皓也……　　在我出生的星球上，大部分居民都已经抛弃了肉体，我们会将意识转移到需要的物体当中。比如我，因为要完成星际间捡垃圾的工作，便将意识转移到了这艘垃圾船上。当然，我并没有放弃自己的肉体，此时此刻我的本体正舒服地躺在数万光年之外遥

远的家中。如果垃圾船出现了问题，切断意识的链接就能让我迅速抛弃垃圾船，安全回到肉体之中。

据我所知，整个宇宙中能够做到这种意识转移的物种只有我们一族。意识转移无论距离多远，都能够瞬间完成，连最成熟的虫洞穿越技术也达不到这个速度。

这次我负责搜索的星域范围不大，在做完基础的清扫工作之后，我对垃圾进行了分类。在分类的时候，两个金属制品让我产生了兴趣。

仪器扫描得出的结果表明，这两个形状奇特的金属制品是一种低级智能机器人，在很多科技落后的星球都生产过，技术和功能大同小异。他们目前依然处在激活状态，只不过因为不适应宇宙的低温休眠了。他们使用的动力则是非常古老的电力，这种高耗低功的能源虽然早已经被抛弃，但依然可以随时随地进行合成。

在简单的检查之后，我接通了他们的电力系统，不出所料，他们醒了过来。

因为无法判断他们所需的生存条件，我非常体贴地将船内环境模拟成了他们母星的状态。

他们对所处的环境出奇的平静，未检测出任何不适反应。

我试图和他们进行意识交流，但以失败告终。

这时其中一个发出了声音，我判断他们用声音交流，于是打开了扬声器和船内翻译系统。因为需要跨越大半个宇宙进行垃圾回收，我船内的翻译系统几乎可以覆盖整个宇宙里所有的语种。

他对另一个机器人说："这是哪里？"

被问到的那个摇摇头，这应该是他们特有的身体语言。

我打断了两人的交流，用船内的广播系统将翻译后的合成声音播放出来。

"你们好，你们的母星已经消失了，是我将你们打捞上来的。现在有几个问题想问你们，请如实回答。"

"母星消失了？"其中一个问道。

我没有回答他，接着问："请告诉我你们的名字。"

两个机器人对视了一眼，其中一个先回答道："我是泳池清洁机器人H-21543，他是天台清洁机器人L-94571。"

另一个点点头，我大概明白了摇头和点头这两种身体语言分别代表什么意思。

接下来我按照规章手册例行询问了一些问题，诸如两人母星的生态系统与物种，大部分时间都是H-21543在回答，而L-94571一直在四处张望。

例行询问结束之后，我开启了章程上的下一个步骤，向他们讲解这艘宇宙船将去往的目的地，他们会作为宇宙难民被收留在我的母星上，但需要进行一定的工作作为代价。

我讲解的时候，L-94571显得十分不耐烦，他小声和另一个机器人说："这也太无聊了。"

H-21543点头附和："要不咱们还是赌点儿什么吧？上次是我赢吧。"

"不，不是你赢，你没有证据。"

"我记录了影像资料。"

L-94571不再答话，他像是岔开话题一样问了个问题。

"赌点儿什么呢？"

两人沉思起来，完全无视我对现状的讲解。

半晌过后，L-94571像是想通了什么事情，他站起身来，因为我的身体就是飞船，只是通过扬声器在和他们对话，所以他只能对着空气发问。

他问我："你们那星球上，有快递吗？"

TWO
泳池清洁机器人 H-21543

我是机器人 H-21543，我的工作是清洁国立航天局的职工泳池。每天的工作很轻松，这些研究人员很少会来游泳，可我依然会每天早晚都对泳池进行一次彻底清扫，然后每隔两天换一次水。

L-94571 是我最好的朋友，他的工作是清洁天台。

他资历比我老很多，据说在航天局刚刚成立时，他就被制造出来了，他常常和我自夸他是第一批具有自主意识的机器人，可相对的，这也让他痛苦。

我不太理解痛苦是什么，在我的追问之下，他回答了我。

他说："没有快乐就是痛苦。"

航天局的娱乐设施很齐全，健身房、电子游戏室、室外体育场、图书馆等等，所有你能想到的文体休闲设施应有尽有。

可 L-94571 说，这些都是为人类准备的，机器人无法从这些东西里得到快乐。机器人与人的区别不是会不会梦到电子羊，而是快乐。

比如健身，人类健身的快感很大一部分来自对自己肉体的控制，即通过控制来改造肉体。

机器人无法健身。

比如游戏，游戏中的乐趣在于熟悉操作，反复练习之后和其他玩家或者 AI 对抗，可这对于行动精确度近乎百分之百的机器人来说，仅仅是常规操作，电子游戏对机器人来说没有成长也没有难度。

机器人对电子游戏没兴趣。

体育运动和读书也一样，机器人的身体机能是完美的，书籍资料只要联网就可以随时检索。

机器人没有娱乐。

L-94571 和我说得最多的词就是无聊，"没有激情。"他这么总结我们的机器人生涯。

这种状况持续了很久很久，久到我自上岗之后刷了五百六十多次泳池。

直到有一天工休的时候，L-94571 找到了我，我看到他头上的电子眼闪着兴奋的红光。

"我找到了！"

"找到什么了？"我问他。

"我找到快乐的办法了。"他兴奋地告诉我，"你知不知道，人类有一种游戏叫赌博。"

我瞬时开启了脑内的联网搜索系统，将检索到的答案读了出来。

"赌博是一种以卡牌、色子等工具进行的游戏，游戏会将有价值的东西作为筹码，游戏的目的是分出输赢，尽可能地将其他玩家的筹码赢到自己手里。"

"Bingo！"L-94571 显得更兴奋了，红色的电子眼不停闪烁，"赌博最大的乐趣在于随机性，我认为随机性才是娱乐的根本，只有咱们无法掌控的东西才能带来快乐。"

我又开启了脑内检索，得出的结果让我否定了他。

"我认为无论是扑克、麻将还是其他东西，咱们都可以通过计算剩余卡牌和概率的形式来判断胜负，这并不是随机的。"

L-94571 并没有放弃，他趁其他职员不注意，从办公室抽屉里偷出了一副扑克。我们检索了可以进行的双人扑克赌博游戏，最后选择了 21 点。

赌注是润滑用的机油。

游戏的流程和结果都和我想象中一样，洗牌时我就无法控制地记住了所有牌的顺序，当然 L-94571 也一样，这让我们打牌的过程无聊至极，我们只需要动用不到百分之一的处理器功能就能知道对方手里的牌和下一张要发出的牌是什么，这游戏没坚持过两轮。

L-94571 电子眼中的红光逐渐暗淡了，他将那副扑克收起来，偷偷放回了抽屉。

那天他把用来当赌注的机油都送给了我。

我想他可能已经放弃寻找快乐了，因为接下来很长一段时间他都异常平静，而我对他口中的"无聊"其实习以为常。

这就是生活的常态。

三天后，我正在给泳池换水的时候，L-94571 又跑来找我，他径直冲过来，"扑通"跳进泳池里，水花溅起老高。

我知道他这是在模仿人类兴奋的表现，不过这使得我又得重新打扫一遍泳池。

他提高了扬声器的音量，红眼闪着幽光。

他说："我知道赌什么了！"

THREE
快递员郑皓

我叫郑皓，是个快递员，最多的时候，我平均一天能送二百七十多个快件，上次公司评比火箭快递员，我非常荣幸地成为一号火箭。

那天的评奖晚会上是我三十二年人生最辉煌的时刻，台下坐着东北、华北地区的很多领导，也坐着许多我的同事。

那天的镁光灯闪得我睁不开眼，上台领奖时领导拍拍我的肩："小伙子有前途。"他鼓励我道。

我激动地点头，司仪把话筒递给我："说点什么吧。"

我捧起奖杯，轻咳一声来平静心绪，这一刻世界是安静的，我几乎是用喊的方式完成了这次获奖感言。

"地球不爆炸！我们不放假！宇宙不重启！我们不休息！要是外星人想买东西！我就坐火箭给他们送到外星去！"

先是片刻宁静，接着便是潮水般的掌声。

得奖之后，工作还是要继续，我依然骑着电动车穿梭在大街小巷，直到有一天，领导将我叫到了办公室。

他的办公桌上放着一个打包完整的包裹，大概一本书大小。

领导见我进来，挥了挥拳头，然后喊出了一句公司里为我流传的口号："火箭出征！寸草不生！"

"不生！"我也跟着附和。

领导眯着眼睛笑，他说："一号火箭，你是咱们快递点送货最快的一个，现在这儿有一个任务要交给你，你今天只送这一个快递，其他的快件我已经分拣给了你其他的战友，当然，那些其他人帮助派送的快递，提成还是算到你头上。"

我不明所以，领导又强调了一遍。

"这是咱们快递点共同的任务，而你，一号火箭，要冲到最前面！"

临出办公室门之前，领导又挥了挥拳头，他挑着眉，表情夸张地对我小声说："寸草不生哦。"

我点点头，表示势在必得。

为了保证运输快件的合法性，我们会在每个快件发出去之前进行检查。可今天这个包裹，领导没让我拆开，他说这是上级委派的任务，极其机密，我的任务就是将其送达，不需要知道包裹内是什么。

我掂了一下那个包裹，很轻，像是什么都没装。因为只有这一个件，我就把电动车上的箱子卸了下来，把包裹揣进了衣服里面的口袋里，轻装上阵。

这个包裹是送到远在郊外的国立航天局的，那里我去过几次，收发快递的都是一个性格怪僻的老头子。

为了冲每天送件的数量，虽然航天局是我负责的区域，可我很少往那边走，往返需要四五个小时，很耽误时间，所以大多数时候，航天局的快件我都会攒几天一起送过去，这也让收件人大为不满。

这个老头子姓许，大家都叫他许工，具体是什么工程师我不懂，我还跟他开过玩笑，说等你们火箭造好了，我就坐着火箭去给外星人送快递。

龙套竟然不叫齐铎。

这已经是我知识范围内最幽默的笑话了，他只报以一声冷哼。

我觉得他不友善。

出发之前，我已经规划好了路线和时间。从快递点出城大概要四十分钟左右，我选择了几条交通压力不大的道路，以确保不会因为堵车耽误时间，然后便是郊区的公路，大概两个小时左右我能到达航天局，如果八点半出发，中午这个包裹就能送到许工的手中，然后下班之前，我就能把写着已签收的单子交回领导手里。

可一切似乎没有那么顺利，从骑上电动车的那一刻起，我的手机就不停地接到电话，只要我不接，电话就会一直响下去；可一旦接起来，电话那边就会挂断。

走走停停耽误了我一点儿时间，不过既然我已经知道这是骚扰电话，便不再搭理，任凭来电一遍一遍地响起。

而且不知道为什么，今天的红灯特别的多，经常一个两分钟的红灯只给十秒的通行时间，越来越多的车堵在各个路口。我靠自己多年锻炼的电动车技术穿梭在车流中，勉强能往前赶。谁知后来红绿灯彻底坏掉了，所有的路口各个方向全是红灯，我在缝隙之间偷偷闯红灯往前溜，原本只用四十分钟就能出城，我跑了两个小时才只走了一半。

<!-- 手写批注：如果按照这个速度走完全程，同时是——？ -->

因为红绿灯出了问题，前面的路越来越难走。屋漏偏逢连夜雨，我的电动车"咯吱"一声轧到了什么东西，我下车检查，发现车胎爆了。电动车不能骑了，前面还是一眼望不到尽头的堵塞车流。我深吸一口气，下定了决心。

我在工作群组里发了一条语音："伙伴们，一号火箭需要支援。"

随着语音消息"嗖"的一声发送成功，群内瞬间同时刷出无数条"收到"。

全城的快递员此刻都放弃了手中的工作，开始向我报的位置涌来。如果此刻有人能俯瞰城市，他们会看见无数电动车像长龙一样以我为中心聚集，这些电动车穿过堵塞的车流，穿过失控的红灯，先后来到我的面前。

我把自己爆胎的电动车停到路边，骑上了另一个同事的车，其他所有电动车为我鸣笛开路。

直到出了城，他们还跟了我很久。分别时我朝他们挥了挥手，这是我们所有人共同的胜利。

出城之后就是公路，这条公路虽然很窄，但人烟稀少，很少跑车。我预计了一下时间，还来得及。

我进了航天局，来到前台，前台的工作人员告诉我放在这里就好，我坚持等到许工本人签收。

许工还是老样子，和我说话的时候鼻孔朝天，我想他不知道一路走来我有多艰辛，不过没关系，我对得起自己。

许工在快递单上潇洒地签下了名字，我决定不再尝试和他说些缓解气氛的笑话，转身便走。

那一刻，我觉得自己就像出征得胜的恺撒大帝。

这时我已经预见到了自己凯旋时同事们欢呼的样子。

就在要出门时，突然航天局内响起了刺耳的警铃，我被吓得一激灵，回头再看许工，只见许工惊讶地看着手里还没拆开的包裹。

他像是无法面对正在发生的情况，正一个人喃喃自语。

他说："不可能啊，不可能啊，这在我手里啊。"

警铃没有停，我想上前问问是怎么回事，可许工已经瘫倒在了地上，包裹根本没拆。

"末日……末日降临了。"这是我最后听见许工说的话。

郑皓毁灭世界了？

FOUR
工程师许建国

我叫许建国，局里的人一般叫我许工，我在这个岗位上做了三十几年，从来没出过差错。

我刚进这个单位的时候，以为自己是被招来研究人工智能的。

那时候我刚刚大学毕业，凭借自主研发的人工智能机器人，顶着天才的名头在科研界崭露头角。

可签完入职保密协议之后，我被分到了负责与太空信息技术化研究相关的信息部。

我以为我要去开拓黑暗森林，但工作走上正轨之后，发现自己干起了监测各国太空信息的活儿——我们没想占领太空，但你们也不行。

保密单位缺乏社交和娱乐，我的业余时间全用在研究人工智能上了。

人工智能方向我最满意的成果是机器人 H-21543，他能理解我的语气、神态，同时能够对这些状态做出相应的应对，因为得以联网，计算能力也超越了一般的智能机器人，我一直认为他能超越自主意识这个瓶颈。

我给他安排的工作是泳池清洁，这是实验的一环，探究长时间的重复劳动能给有自主意识的人工智能的进化带来什么，也是我的课题之一。

我最不满意的作品是机器人L-94571，他也是我的第一个作品，他完全无法解读我的神情和态度，在应对方面也是十分混乱，我至今仍然搞不清他是以什么逻辑来决定行动。不过作为试作品，他给后来成功的H-21543提供了很多宝贵的经验。

我给他安排的工作是天台清洁，因为我从来不上天台，我连看都不想看见他。

就是最近，我发现他们两个机器人之间也会进行交流，可因为航天飞船这边项目紧迫，我一直没去调取他们的记录，这让我后悔万分。

另一方面，航天飞船的科研内容不仅仅是飞船本身，与地外文明的通信也是我科研的范畴之一。

1974年，当时世界上最大的单面射电望远镜刚刚改造完成，科学家为了庆祝，就向宇宙发射了一段无线电信号，不过至今没有回应。

现在看来，这个行为是极其莽撞的。著名科幻作家刘慈欣在他的小说《三体》中提出了黑暗森林法则，他认为在这片宇宙中，他人即地狱，暴露自己存在的生命都将被消灭。

我同意他的看法。

这导致了我的研究无限期停滞了，因为我完成了能够辐射绝大部分宇宙空间的通信装置。

只要这台装置启动，地球的位置将瞬间暴露在全宇宙的视野之下，那之后地球会遭到的攻击无法想象。

经过和上级领导的共同研究，这个装置将被无限期封存，再过几天，占据半个地下室的整台通信装置就将被拆解运送到指定的设施内封存，连我都不知道那个设施在哪里。

对于这件事，我很遗憾，但为了人类的未来，我只能选择遗忘。

今天是我最后一次全面检查这台装置，我希望它能完整妥善地保存下来。

可事与愿违，我发现这台装置中最重要的启动开关上，竟然缺了一颗螺丝钉。

在科学问题上，我一直坚信一个观点，简洁即是美。

所以在这台装置的设计上，我也一直秉承这一原则，而正是因为这一点，这一颗螺丝钉所承载的就远远大于它本身。

装上这颗螺丝钉，机器就可以正常启动；而拧下这颗螺丝钉，机器将无法工作。

这颗螺丝钉虽然功用巨大，但其实就是普通的不锈钢六角机螺丝钉，任何一家五金店都能买得到。可明天装置就要送走了，我没有时间再回城里买一颗钉子回来。

无奈之下，我拨通了上级领导的紧急电话。

"领导，我需要一颗螺丝钉。"

我把事情的经过简要叙述了一遍，领导立刻下了指示，他告诉我，这颗螺丝钉在今天一定能送到我手里。

下午三点多，快递员到了航天局，这个快递员总是偷懒，我的东西每次都要隔天才能送到，而且他还是个自来熟，这是我最难应付的一种人，我很不喜欢他。

不过这次还好，他及时把螺丝钉送了过来，包裹完好。

我签收了货物就不再理他，正当我打算去安装螺丝钉时，警报响了。

这是我特意为装置启动设置的警报，我本是图个心理安慰，因为整个航天局不会有人去启动这个送命装置。

我在这个岗位上做了三十几年，十分清楚装置启动意味着什么，我仿佛看到了宇宙中其他高等文明的枪口已经转向了地球，而子弹何时击中，只是时间问题。

神走过一层，便毁灭一层。

"末日……末日降临了。"

那一刻我甚至忘了去查一查是谁启动了装置。

FIVE
天台清洁机器人 L-94571

我是机器人 L-94571，我的工作是清洁国立航天局的天台，每天的工作很单调，也很无聊，这个天台仅仅是建筑的一部分，平日里根本没人过来。不过也有好处，就是能让我一个人静静地思考人生。

H-21543 是我唯一的朋友，他的工作是清洁泳池。

我的资历比他老很多，据说他的人工智能芯片是在我的基础之上制造的。我本以为这能让他更有趣一点儿，可现实是，他和一切其他的扫地机器人没什么不同。

不过别管我有多看不上他，他也是唯一一个能与我交流的同类了。

他只是过于理智。

我坚信一个感性的人不应该用理性分析世界，因为这会让感情无所适从。

我希望快乐，但我无法从任何现有的手段上得到快乐。

我体会不到爱情的愉悦，感受不到成功的狂喜，理解不了竞技的魅力，也无法沉浸在游戏的氛围里。

一切都很无聊。

如果人类算是我的造物主，那就是造物主从我身上残忍地剥去了随机性。

为了追求快乐，我寻找了无数的方法，最后选择了赌博。

可一般的赌博完全无法满足我，因为我总是能计算余牌，分析概率，让一切可能的发展都摊开在眼前。

直到有一天，我发现了航天局里最大的一个随机事件。

我找到了 H-21543，对他说："我知道赌什么了！"

我给他讲了我发现的真随机事件，就是上门送件的快递员。

当许工有一个快递时，我们永远也判断不了快递员何时上门，没有一次，这个快递员是按照配送规定时间送件的，也没有任意两次他迟到的时间一样长。

我将这个发现告诉了 H-21543，然后和他说："刚才我听到了许工打电话，说是今天会有一个快递到，咱们就赌那个快递员今天上不上门。"

H-21543 同意了我的说法，不同于我的兴奋，他看上去波澜不惊。

"我赌他来不了。"我先下手为强。

H-21543 没说话，蓝色的电子眼闪闪烁烁。

我知道他在分析计算，可这一切对这个快递员来说毫无用处。

"好的，那我就赌他能送到。"

"赌一个月分量的机油。"

"赌一个月分量的机油。"

这个完全随机的事件让我兴奋了起来，可也让我犯了一个最大的错误，为了确保胜利，我联上外网开始了对快递员的监听。

"你今天只送这一个快递，其他的快件我已经分拣给了你其他的战友。"

我听到了这句话，然后计算了快递点到航天局的路程。我知道自己可能会输。

这时我才明白了一件事，赌没能带给我快乐，但赢可以。

只要能赢，我从来没想过放弃其他手段。

得知快递员出门之后，我先是利用网络通信软件不停地给他拨打骚扰电话，可这并没有起什么作用，他很快就无视电话铃声了。于是我调用网络权限控制了城内所有的红灯，让城内交通混乱一片。

一直到这时还是在我预计之内，可没想到快递员的电动车竟然爆胎了。

我知道狗急跳墙这个成语，所以我本来也没想直接剥夺他的行动能力，只是想延缓他到来的时间。

结果真的如我所料，失去了行动能力的他纠集了一众帮手，不仅解决了爆胎问题，还一并解决了失控的红绿灯。

我是真的不想输给那个呆头呆脑的 H-21543，为了找到其他办法，我回想起了偶然听到的许工的通话。

"我需要一颗不锈钢六角机螺丝钉，五金店都能买得到。"

不锈钢六角机螺丝钉，这是他需要的东西。 *一个重要的数字！*

只要不让许工在快递单上签字，就是我的胜利，可我阻止不了快递员，那就只能从许工下手。

我灵机一动，开始在整个航天局内搜索相同的螺丝钉。

功夫不负有心人，最后在 H-21543 的杂物箱里，我发现了一颗一模一样的螺丝钉。

"你怎么会有这个东西？"我问他。

"收拾泳池时发现的，没人来找我要我就留下了。"

我暗暗压抑住心中的激动，轻描淡写地对他说："能把这个给我吗？我也想收集这些小东西。"

"可以的，不过有个前提，如果他的主人出现，你要将这颗螺丝钉还给他的主人。"

我点点头，虽然无法做出表情，但我现在很想亮起红灯，跳进泳池。

我成功摆了 H-21543 一道，让他将制胜的关键给了我。这种耍小聪明并得逞的快感是自诞生至今数年来的第一次，尤其是这个关键物品还是我的对手亲手送上的。

我彻底放弃了从随机性上寻求快乐，我发现欺骗和胜利才是快感的来源。

告别了 H-21543，我立刻来到了地下室，这颗螺丝钉应该就要被安在这台机器上，我不费吹灰之力便找到了空出来的螺丝孔。

这时快递员已经来到了航天局。我如果想让许工放弃货物，那就得让他知道螺丝钉已经回到原位了。没做过多思考，我按下了装置的启动键。

警铃突然刺耳地响了起来。我虽然觉得奇怪，可胜利的喜悦冲昏了我的头脑，我没去想到底发生了什么。

三个小时四十二分钟之后，外星高等文明的歼星炮击中了地球，整个星球连带它的历史和生命体在一瞬间全部消失无踪，只留下如我一样被创造出来的金属残骸。

没有了地球臭氧层的保护，我第一次感受到了太阳的直射，可在宇宙的真空之中，阳光已经无法让我温暖——没人会把清扫机器人放到低温环境下使用，我是一架常温机。我的电力系统和主板都在发出警报，只能用休眠来延续生命。

这时一样在宇宙中漂浮的 H-21543 来到了我面前，他告诉我这场赌局是他赢了，许工在我按下启动按钮之前就签收了快递。

我为他在这种环境下还能关注赌局而感到惊讶，想想他可能也没我认为的那么无趣。

"温度降得太快了，我们需要停止身体机能，进入休眠状态等待救援。"

H-21543 接受了我的提议，而我也慢慢进入休眠状态，随着体温的下降，我的视觉输入模块逐渐停止了工作。

在视觉消失前的最后一刻，我看到深邃的宇宙中出现了一个虫洞，虫洞撑开黑暗，一艘巨大的宇宙船穿过了虫洞，进入我的视野之中。

LONG
EVITY

长寿村

比死亡更可怕的刑罚，是永生。

比死亡更可怕的刑罚，是永生。

神吗？

[1] 郑皓

傍晚的时候，郑皓开车从小路出了城，车上时间显示 7 点 14 分，他抬手看了看表，表镜摔裂了，指针停在 40 分钟前，再没走过。

郑皓觉得很饿，可周围什么吃的都没有，他咽了咽口水，扭开了车上的收音机。

收音机播着交通台的互动节目，有听众打来热线，说目击一起命案，一对情侣被人杀死在路边大排档，血淌一地。

郑皓觉得无趣，便换了个台，流行歌曲点播，主持人嘶吼着讲不咸不淡的笑话，可笑话没讲完，电台就像受到了干扰，滋啦滋啦响。主持人的声音弯弯绕绕，成了拐弯的电波，在深夜的山路上变成扭曲的杂音。

郑皓试着左右旋钮，还是一阵杂音，他"啪啪啪"拍了几下收音机，也就一眼没看前路，"砰"地撞上了什么东西。

车子画了个半圆，甩着尾停在路边，郑皓半天才镇定下来，庆幸没掉到山路下面，他深吸几口气才摇下车窗，夜晚山间黑乎乎一片，他又没有手机，只得在车里翻找，幸好储物箱里有个手电筒，他试了试还有电，便战战兢兢地下了车。

郑皓晃着手电筒，在漆黑的山路上像举着一把穿天的光剑，这把剑将黑暗一分为二，把刚才撞车的地方照亮在郑皓眼前。

一个人像块烂抹布一样"铺"在刚才车子碾过的山路上，电筒的光打过去，能看见他还在微微地颤抖。

郑皓转身想跑，可还没回到车上，便听见来时的山路上有汽车驶来的声音，他咬咬牙，回身去扶那倒在地上的伤者。

灯光一晃，郑皓终于看清，地上那衣衫褴褛的伤者根本看不见脸，因为头上戴着一副锈迹斑斑的铁甲面具。

"顺着这条山路往前走，有一个村子，就是我们长寿村。"开车的司机侃侃而谈，郑皓用余光瞄他，注意力全集中在司机通红的酒糟鼻上。

"来吃长寿果的，你不是头一个，不过别人早都到了。"司

你知道密码的种类吗？尚不趣总是喜欢跟我发类似摩斯密码的东西。

机继续说，郑皓点点头，无奈地笑笑，手揣在衣服口袋里不敢伸出来，因为手上都是刚才搬伤者留下的血迹。

刚才郑皓撞了人，本想一走了之，可身后却有车开过来，他只好把那具带着诡异铁面的伤者藏到了后备厢里。

那辆车旧的像已经报废了，"嘎吱嘎吱"地停在郑皓车旁，车窗摇了一半，一个酒糟鼻探出来，又被郑皓手里电筒的光晃得缩了回去。郑皓忙把电筒压下来，那酒糟鼻就又探出来，问道："大兄弟，这是咋了？"

郑皓只得敷衍，说山路太黑，不小心溜了车，滑下了道，已经叫了救援，应该马上能来。

酒糟鼻嘿嘿一笑，说这山里的救援天不亮来不了，他从车上下来，绕着郑皓的车走了一圈，郑皓看了一眼自己被撞坏的车灯，靠在上面挡住了斑斑血迹。

"我车上有牵引绳，拉你走吧，反正一路。"酒糟鼻说完，没等郑皓回应，便打开了自己的后备厢。

郑皓有些疑惑，不过不敢接话。酒糟鼻把工具全搬出来扔到地上，一身肥肉直颤。

"我就是长寿村的，这条路只通我们村，你这黑天往这儿走，肯定是来吃长寿果的吧？"

漆黑的山路上，两辆车顺次而行，酒糟鼻的车在前，被牵引的郑皓的车在后。郑皓坐在副驾驶，和酒糟鼻有一搭没一搭地聊着天。

到村口时夜已深了，郑皓的饥饿感更加强烈，酒糟鼻说自己家工具更全，明天天一亮他就帮郑皓把车修好，郑皓只得应承，

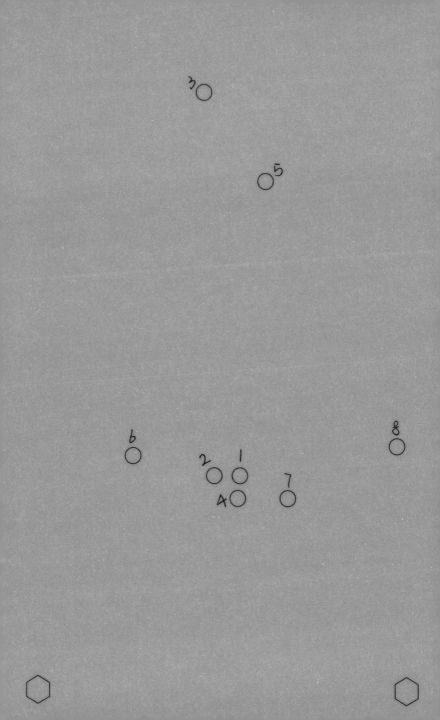

第二份采访手记

　　我朋友终于找到了唯一一个认识尚不趣的赵建伟，他现在还在工作，快十年没有换过公司了，一直在一家贴牌的甜品公司做运营。我拨通了他的电话，他语气油腻，只是约见面这么一件事就和我聊了有十分钟。

　　我们最后约在了他公司楼下的一家咖啡店。他比我先到，只给自己要了一杯咖啡。

　　这个人头发稀疏，眼睛细长，眼角向下耷拉，看起来不太精明。我落座之后寒暄了两句，表明了自己的来意。

　　能看出来，赵建伟属于特别喜欢聊天的那种人，直接开始了滔滔不绝的讲述。

　　在他的手下做文宣是尚不趣毕业之后的第一份工作，主要是广告文案的撰写和公众号的维护。在赵建伟的口中，尚不趣完全是一个什么都不会的愣头青，无论是工作还是职场交际，都是靠他这个上级一手培养的。

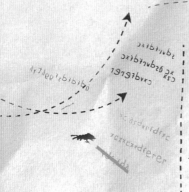

　　"那是我小弟，我手把手带出来的。"说到这里，赵建伟点了根烟，我瞅了瞅他身旁墙上"禁止吸烟"的牌子，可他并没有领会，"他就一个毛病，岁数不大，抽烟比我还凶。我们总躲厕所里抽烟，那时候我们公司抓住抽烟要罚二百，可你说巧不巧，我给抓住好多次，他却一次没被抓过。"

1-□-□-□-□-□-□-□-□-□-□-□-□-□-□-□-30

正面是从左到右，反面就是从右到左吧！

我听他自吹自擂昏昏欲睡，连连点头，反应半天才找到这句话的问题。

"你俩在厕所抽烟？"

"嗯，抓得紧的时候下楼抽，不紧的时候就躲厕所抽。"

"她一小姑娘，你俩在男厕抽还是在女厕抽啊？"

"小姑娘？谁是小姑娘？"

- -

赵建伟蒙了，我也蒙了。我从坐下到现在过去快半个小时了，感觉对话才刚刚开始。

我又确认了一遍，赵建伟认识的尚不趣是个男的，如假包换的男人。虽然他还在不停地讲述两个人之间的种种经历，可我已经没有耐心了。我借故起身给朋友打了个电话，又确认了一遍赵建伟的身份。

"会不会是找错人了？"我在电话里问。

那边很肯定地告诉我，尚不趣这个名字很特殊，只有这一个赵建伟认识叫这名字的人，而且外貌特征也对得上。

我电话没挂，又偷偷瞄了眼赵建伟，确实和尚不趣之前跟我说过的一模一样。

这里面一定是出了什么问题。我犹豫了一会儿挂掉电话，决定还是先结束这个莫名其妙的采访。

我随便找了个借口，跟赵建伟表示自己要离开了，下次有机会再聊。赵建伟看起来很失望，他好像还有一肚子话要说，不过最后他还是挠挠头，跟我说了再见。

我走到咖啡厅门口的时候，赵建伟从后面追上了我。他递给我一张纸，看起来是刚刚闯咖啡厅的餐巾纸画下的，纸上是四个由六边形组成的蜂巢式格子，每个格子上都标注了序号。

　　"这个给你吧，说不定有用。"

　　我看了看餐巾纸，又看了看赵建伟，完全不知道这是什么情况。

　　"这是一个迷宫，"赵建伟解释道，"我做了尚不趣一年的领导，他无数次地给我看过这个，所以我记得非常清楚。你得找到穿过迷宫的路，走完它。世界就是一层一层的迷宫，你得找到往下走的路，这条路通向最后那扇门。"

　　"什么门？"

　　"九张卡片会拼成通向答案的门扉，迷宫会帮助你拼成那扇门。"赵建伟说完这话就转身离开了，完全没给我再提问的机会。

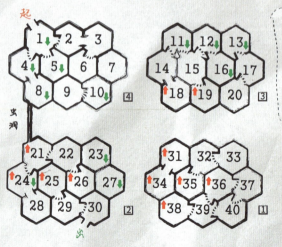

1. 单向门。只能通向开门方向，不可逆向返回。

┤├ 2. 双向门，可自由双向通过。

3. 4层、3层、2层、1层逐层向下，房间——垂直对应。如：1房间楼下依次对应11、21、31。有箭头房间可按箭头方向通行上1下层。

4. 答案常为最优解，同一房间不可进入两次。

5. 8、21两房间可由虫洞直接来往。

这是一栋四层建筑的平面图，建筑每层各有10个房间。

解密者的任务是遵守规则逃离建筑。

1号房为起点，唯一出口在30号房。

齐铮有一只猫，这是我之前就知道的，不过我没想到这只猫竟然如此能掉毛。

我到齐铮家时，这只猫就大大方方地躺在门口的脚垫上，脚垫上密密麻麻的都是它的橘色毛发。

齐铮虽然在家等我，但还是带着口罩。我问她怎么了，她点头表示歉意，告诉我因为严重的猫毛过敏，她常年需要做此打扮。

在尚不趣的小说里，齐铮的性别不是固定的，按她的说法，这个名字可男可女，关键看故事里需要什么。

现在我终于见到了齐铮本人，确实和她说的一样，是一个文静的女孩子。相比徐晚曼和赵建伟，我庆幸自己终于遇到了一个可以沟通的正常人，就是漫天飞的猫毛让人烦躁。

为什么过敏还要养一只猫，我想不通。

按照尚不趣的说法，齐铮和她最初就是因为领养猫咪认识的，这种说法也得到了齐铮的证实。

"我那时想养一只猫，但是因为各种原因吧，不想去宠物店买，所以在网上找领养的信息。那之前我没养过猫，所以不知道自己过敏。"

我点点头，想着这个是对上了，可心里还是有点儿不安。

齐铮接着说："我第一次去尚不趣家的时候就喜欢上了这只橘猫，它也跟我特别亲。"

尚不趣常同的密码有：

摩斯密码、恺撒密码、栅栏密码、
希尔密码、猪圈密码、键盘密码……

这张密码卡对应的是什么呢？

解出它就能破解暗号了吧！

和蔼。

这个词儿一出来我就知道预感灵验了。

我只能硬着头皮问她尚不趣到底多大了，她犹豫了一会儿告

诉我，看起来大概七十几岁，是个十分慈祥和蔼的老奶奶。

我脑瓜子"嗡"的一声炸了，不知道到底是怎么回事。齐诗又

咳了两声，然后从抽屉里拿出了一张纸条。

她把纸条递给我，上面是一串莫名其妙的英文，我试着拼读

了几次，最终确信这一串字符毫无意义。

　　"去年七月，我最后一次见到尚不趣，那时她已经几近弥留，

只能在医院的病床上维持生命了。她把这张纸条给我，告诉我

如果有人找到我打听她的事情，就把纸条给那个人。"

　　我更加疑惑了，反复盯着纸条上那一串英文，却看不出个

所以然来。

　　"她让我告诉你，这是暗号，开启答案的暗号。"

　　"什么答案，到底是什么答案？"

　　齐诗不回应我的问题，她把起了派派，一边抚摸一边咳嗽。派派

最终被她摸得不耐烦，挥舞了几下爪子，跑远了。

- 密码卡 -

我看看那只懒洋洋的、从我进门开始和主人丝毫没有互动的橘猫，不禁对这个说法产生了一丝怀疑。

"可也就是那次，我立刻就产生了过敏反应，全身都是疹子，又红又痒，回家之后持了大概一周才好。我上网查了一下，说是猫毛过敏，这种过敏特别厉害，即使是你不接触猫毛也会中招，猫咪身上的分泌物能漂浮在空气中，那才是罪魁祸首。"

那你为什么要养它呢？我在心里问，虽然没说出来，但齐铮仿佛心有灵犀。

"我也不知道我为什么会养它，就好像有人在替我下决定一样。过敏症状过去之后，我立刻就给尚不趣打了电话，把它接回来了。"

这时那只橘猫懒洋洋地爬起来，走到我身边用尾巴绕我的小腿，我顺势抓了抓它的下巴，它也眯起眼睛回应我。

"它叫什么？"

"派派，尚不趣起的名字，跟我说不要改。"齐铮一边说一边伸手逗派派，可派派并没有理她，径直走向了屋里。齐铮有些尴尬，干咳了几声。

"猫都这样，傲娇。"

我嘿嘿一笑，想开始聊聊尚不趣的事情，这时我突然闪过一丝不安，便问齐铮："我想先确定一下，咱们说的尚不趣是一个人吧？"

"这个名字这么奇怪，一定是同一个人啦。"齐铮笑道，我稍微安心了一点，"和她说话感觉很舒服，她特别和蔼。"

"我们开始处得很融洽，可是没过多久，我就发现她不太正常了。具体是哪里不正常，我觉得是说话时的神色——她会直勾勾地盯着你，然后不停地说啊说，每句话之间都没有关系。

"她不反对我把男朋友接过来住，只要水电费多摊一些。可我有些担心。

"事实上，我后来越来越少住在家里了。大多数时候我会偷偷溜去男友家里，如果他那儿不方便，我们就去找个酒店。

"我就想离她远一点。算一算，我在那里租住了快两年的时间，真真正正地住在家里的时间可能不过半年。

"不过半年时间已经足够了，足够我判断她到底是个什么样的人。她没有工作，天天窝在沙发上看宫斗连续剧，和电视剧里的人物对话，还从外面捡回来一只完全不亲人的野猫。我从来没见过有朋友来找她或者联系她，而她自己总是自言自语。我们为数不多的几次对话都是以彩票结尾的，不知道为什么，她特别热衷于一种即时开奖的彩票。她总是购买同一组彩票号码，却一直没中奖。即使这么多年过去，我结了婚，和那时的男友早已没有联系，也根本想不起那个房子的布置格局，却依然能清楚地记起那个号码。"

说到这里，徐晓曼像突然想起了什么似的，把婴儿床外面的玩具收了起来。

"我也有过一个孩子的。"她说。

我不知道该怎么接话，只能表示抱歉。

她笑了，解释说只是让孩子的爸爸带走了。

"就给我留了个房子。"

"还是说说尚不趣吧。"我不想继续这个话题。

徐晓曼点点头，表示她十分清楚我来的目的，可讲出来的东西却驴唇不对马嘴。

"她一直在买的那组彩票号码是——6██-98-10-230-35-██-9-██。"

我皱起了眉："咱们还是……"

"6██-98-10-230-35-██-9-██。"徐晓曼又重复了一遍。

"我是说……"

"6██-98-10-230-35-██-9-██。"

我倒吸一口凉气，接下来的时间里，无论我说什么，徐晓曼都会回以这串数字。

她的眼神直勾勾地盯着我，嘴唇蠕动，不断地重复。

我觉得恐惧，赶忙起身离开，她又叫住我："6██-98-10-230-35-██-9-██，你记住了吗？"

三位数的东西是？

"我先走了……"

"你记住了吗？"

我只能点点头告诉她，我记住了；这时她才终于不再重复。

"记住，数字是解密的方法，一定要记住。"

彩票的号码对应的会是什么呢？

透明的解谜卡纸的用途是＿＿＿？

第一份采访手记

徐晓曼已经不再租房了，她家在这座小城的另一边。小区看起来很新，门卫负责地拦住了我，直到门口对讲机里传来徐晓曼的声音。

"让她进来，是采访我的记者。"

"采访我"三个字徐晓曼咬得很重。

门卫帮我刷了卡，我坐电梯直接上楼，幸好这里的电梯是好的。

徐晓曼住在~~十~~二三楼，她的家很宽敞，是 20 世纪的奢华装修，看得出花了不少钱。

徐晓曼穿了一身毛绒绒的家居服，给我拿了双拖鞋便转身回了客厅。我看见客厅里很乱，有好多孩子的玩具，但没看见小孩儿。

~~我就知道她肯定会出事儿。~~

徐晓曼让我坐下，给我泡了一杯茶，然后突然蹦出这么一句话。

"哦？"我听她这么说，突然来了兴致。

徐晓曼看着窗外，开始了她的讲述。在她的嘴里，尚不趣常常处于混乱中。

"我大学学的是医护，毕业时交了个男朋友，比我还要矮一些。我男朋友当时已经开始工作了，因为是和别人合租，所以我~~住过去。~~

"后来我开始找房子，那时正巧尚不趣自己租住一个两居室，我们在网上联系后，她把次卧租给了我。

肚子还在咕咕直叫。

进了村，车更加难走，都是老旧的石板路，两人把车停在路边，酒糟鼻带着郑皓去村里唯一一家旅馆投宿。

郑皓恍然间听到响动，回头看，仿佛来自己车子的后备厢。

酒糟鼻见他停下，问他："咋了？"

郑皓摇摇头，继续跟着酒糟鼻往前走。

"没事儿，什么事儿都没有。"他说。

② 铁面人

"村东头有棵神树，七八个成年人围成一圈才能抱住，长寿果最早就是神树下面结的。"

在一间简陋的石室中，酒糟鼻给对面的人讲着村落的历史。

"那时候跟日本人打仗，还闹饥荒，全村没吃的，老弱病残饿死一片，连树皮都没得抢，有的人饿疯了开始吃土，肚皮吃得那么鼓。"酒糟鼻说到这儿，还比画了一下自己的肚子，"跟我这肚子可不一样，吃了土肚子梆硬，我这都是肥肉。"

他想等等对面人的反应，可半天没动静，他就接着说。

"最开始是村里一个小孩儿，那小孩儿生下来脸上就有一大块青色的胎记，父母死了没人要，吃百家饭长大。可饥荒年代，自己家孩子都没奶喝，谁顾得上他啊。村子本来就不大，好多天见不到这孩子，都以为是饿死了。结果没多久，孩子回来了，手里还捧着一堆果子。

"村里人都没心思问这果子哪来的，像饿狼一样把果子分了，才想起问是哪摘的，那孩子就领大伙儿去了东头的大树那儿，这才发现树下结满了这种红果子。大家疯了一样的吃啊，还是那个孩子，带村主任绕到大树背后，人们这才发现，树下不光有果子，还有个人。

"看穿的那衣服，应该是个日本兵，人已经烂了，但是从那块土里长出了果子。

"从那之后这种果子就成为村里的粮食了，还别说，吃了这果子之后，村里的人越来越长寿，所以这果子我们就叫它长寿果。

"看过桃花源记吗？现在这儿就跟桃花源一样，自给自足，不过偶尔还是需要有人出去采购一些必需品，用来给长寿果施肥。"

说到这儿，酒糟鼻歇了口气儿，点了根烟，他看着被绑在椅子上的铁面人笑了笑，说："所以我就出去把你带回来了。"

③ 郑皓

村子里的旅馆简陋至极，郑皓一夜没睡，天一亮他便匆匆起身，去查看自己车子的后备厢。

早起雾大，绕了两圈，郑皓终于找到了自己的车，可让他心凉的是，酒糟鼻已经在了。

酒糟鼻准备好一堆老旧的工具，看郑皓过来便招了招手，郑皓点点头，忐忑地走了过去。

车前盖已经打开，酒糟鼻趴在上面观察了半天，不时让郑皓搭手递工具。

第二份手记里的迷宫挺简单的，大概，她怕我解不出来吧！

雾渐渐散了，酒糟鼻爬起来，郑皓看见他的汗顺着脸往下淌。

"不行，弄不了了，可能得找专业的来，要不你再待一天吧。"

郑皓也凑到前面看了看，可他完全不懂修车。

"不成啊，我还有事儿，今天就得走。"

酒糟鼻琢磨了一下，道："上午我还有事儿，下午我开车载你出去，正好上午长寿果就能收，你也可以尝尝。"

郑皓只得点点头，他把车盖扣上，和酒糟鼻一起收拾工具。

"我先回去送工具，你自己溜达溜达。"酒糟鼻背上包，转身要走。郑皓点点头，终于舒了一口气。可这种轻松的感觉并没有持续多久，因为酒糟鼻突然停下了脚步，他指了指郑皓车的后备厢："你后备厢没关严，有什么东西掉出来了。"

郑皓连忙慌张地挡住车身，一只手拼命摆着，另一只手把后备厢里露出来的垫子往回塞。可酒糟鼻三步并两步，边说着"你这样可塞不进去"，边一把掀开了后备厢。

郑皓的童年时代是在饥饿中度过的，被父母遗弃的他在孤儿院长大，而在孤儿院中，他因为瘦小和孤僻得不到什么疼爱。

这种私人的孤儿院必然一切都是和钱挂钩的，富豪领养孤儿院的孤儿进而带来的资助才是孤儿院的命脉，所以并不被看好的郑皓成为孤儿院中一个阴暗的存在。在一次饿晕过去再醒来后，郑皓有了一种奇怪的心理障碍，当他感到无比饥饿时，馒头上的绿色霉斑、狗食、排骨上的沙土，他都能够咽下去。凭借表演这样的特异功能，很快他就能从那些漂亮的、善于讨好大人的孩子们那得到足够的食物了。

这种情况直到郑皓成年离开也没得到改善，他领取了孤儿院给予的最后一笔少得可怜的福利金，走上了独自求学生存的道路。

大学四年，郑皓依然拮据，强烈的饥饿感成为笼罩在他头上的巨大阴影，直到毕业工作，经济宽裕之后，他依然无法改变多吃主食填饱肚子的穷苦习惯。

工作两年，郑皓交到了第一个女朋友，然后便是三年平淡的恋爱，就在昨天，他们分手了。

酒糟鼻掀开后备厢的一刹那，郑皓脑中闪过女友熟悉而陌生的脸。他恍然以为自己只是和女朋友出门远行，可不散的晨雾打在脸上却是异样的冰冷。

郑皓没来得及阻止酒糟鼻，只能任由他一把掀开后备厢。

里面空空如也。

酒糟鼻把露出来的垫子平整地铺好，"砰"的一声把后备厢关上，这声音吓得郑皓一个激灵。

"你看，这就好了，我先回去送东西，你随便转转。"酒糟鼻说。

郑皓僵硬地点了点头，目送酒糟鼻远去。

晨雾渐散，郑皓在村子里乱转，他庆幸后备厢中的铁面人并没有被他撞死，可现在他消失了。如果他是这里的村民，跑回家报警的话，他的麻烦就大了，他得找到他，或者尽快离开这儿。

村子依山而建，石板路曲折蜿蜒，郑皓绕了几个圈，找不到什么能藏人的地方，太阳已经升起来，他背后却泛起一丝凉意，他突然意识到，从昨晚进村到现在，除了酒糟鼻，他没看见其他任何人。

就在这时，一阵踢踏的脚步声在郑皓身边响起，薄雾中一个小孩儿从远处走来，直到他走近，郑皓才看清了他的脸。

那是一个五六岁的孩童，左半张脸上有一整块青色的胎记。

郑皓问他："小朋友，村子里的人都哪去了？"

小孩看着郑皓，指了指远方："今天是长寿果结果的日子，大家都去收长寿果了。"

④ 铁面人

铁面人醒来的时候发现身上的锁已经被解开了，他试图摘下头上的面具，却无能为力。

他环视自己所处的环境，这是一间狭小的石室，墙壁光滑而又潮湿，他感觉饥饿，双眼从铁面具的缝隙中寻找食物，却一无所获。

石室无门，只有角落有一处天井，之前和他谈话的酒糟鼻就是从天井顺着绳梯下来的，他顺着天井的光朝外看，隐约能看见外面的星空。

这里虽然是地下，但没有多深。他尝试顺着天井的石壁爬上去。可石墙实在太滑了，他连半米都爬不上去。

就在他精疲力竭感到绝望的时候，有人从天井顺下来一卷绳梯，他抬头看，发现星光下看不清那人的脸，不过动作倒是清楚，那人挥手叫他爬上去。

他觉得自己终于能够获救，便顺着绳梯爬了上去，天井的上面是一个井口，他钻出了井口，终于看到了漫天星光，可那人已经跑远了。铁面人远远看去，那人步子虽急，却无法掩盖一条跛腿，而且更让铁面人惊讶的是，在星光的照射下，那远去的人头上好像也带了一个铁面具。

不过铁面人没时间细想是谁把他从井里救了上来，他只想快点儿离开这个地方。可没走出两步，铁面人便听见窸窸窣窣的脚步声，他连忙到墙根下躲了起来，只想躲过这些经过的路人。

不消半刻，声音渐渐远去，铁面人爬起来，朝着村口一路狂奔。

⑤ 郑皓

郑皓对长寿果没什么兴趣，他只想快点儿把车修好，离开这个地方，而那个诡异的铁面人，他现在也没空去管。所以他并没有朝小男孩儿指的方向走，可山路弯弯绕绕，来回走了几圈，郑皓还是没找到出村子的路。

郑皓的手表坏了，他也不知道自己到底绕了多久，饥饿再一次袭来，他索性决定在村子里四处转转，或许那个被撞的人并不是这里的村民，或许他可以找到点儿吃的东西，再神不知鬼不觉地离开这儿。

就这样漫无目的地闲逛，他恍惚听到了人声，顺着声音走过去，他发现那里是村中少有的空地。

空地中心有一棵大树，树冠高耸入云，大概有二十几人围于树下，其中也包括酒糟鼻和刚才指路的孩子。

郑皓心中懊恼，自己到底是没能找到正确的出路。他不想和村里人扯上什么关系，转身想走，却不小心踩在一块光滑的石头上仰面跌倒了。

树下众人听到响动，齐刷刷回头，无数冷冰冰的目光直射向郑皓，他们的嘴角全都有一抹殷红。

郑皓慌忙爬起身，他想挪动脚步，却发现突如其来的恐惧像无数荆棘般缠住了他的双脚。

那个半张脸都是青色胎记的小男孩儿也看见了郑皓，他捧着手中的东西蹦蹦跳跳地来到已经瘫软的郑皓面前，暗红的汁水沥沥洒了一地。

"来，给你，这是我采的长寿果。"小男孩儿一脸天真无邪。

醒来时郑皓头疼欲裂，他不知道自己昏迷了多久，挣扎许久，他能想起的最后记忆便是那个小男孩儿朝自己跑来。

他努力调整视线，却发现有什么东西挡在眼前，稍微清醒一点儿后他便意识到，自己的头上被扣了一个铁面具。

恐惧让他无比慌张，他试图把面具摘下来，可抬起手才发现手腕已经被什么锁住，铁面具阻挡了他的视野，他左右转头，终于看清那两条锁住手腕的铁链，他试着拉扯，铁链发出"哗啦啦"的响声。

郑皓艰难地转动带着沉重面具的头颅，环视四周，发现这是一间狭窄的石室，他想要呼救，却发现喉咙干哑，发出声音变得无比艰难。

"不要喊叫了，你现在很难发出声音，我们给你灌了点儿药。"

在郑皓的视野之外，响起了酒糟鼻的声音。那声音还是一样的油腻。

"你现在肯定好奇这是怎么回事，我给你讲讲我们长寿村的历史吧。你看见那棵树了吧，那是村里的神树。"

石室冰冷，郑皓浑身泛起一阵恶寒。他静静地听完酒糟鼻的故事，耳边回荡着昨天夜里酒糟鼻说的话"偶尔还是需要有人出去采购一些必需品，用来给长寿果施肥""一些必需品""用来给长寿果施肥""施肥"……

郑皓想要说话，可只能发出干哑的"啊啊"声，对方见他挣扎便不再出声，直到他静下来才继续说。

"我们吃的是长寿果，在这个村子里，吃了长寿果就没有死亡。你也吃过这种果子，已经是我们的人了。"

⑥ 铁面人

铁面人也不知道自己在村子里绕了多久，直到两个村民举着火把拦住了他，他惊慌地发出"嗷嗷"的叫声，却说不出话。

两个村民挡在铁面人前面，挥舞着手里的火把和柴刀，像驱赶家畜一样驱赶着他，铁面人望着远处追捕的人群越来越近，孤注一掷地向拦路人的怀里撞去。

那两人没想到铁面人会直接扑上来，一把柴刀劈下来，铁面人伸手去挡，刀子嵌进了铁面人的手腕，另一把柴刀直接劈到了铁面人的头盔上，崩脱了手。

铁面人扑倒其中一个，转身捡起他脱手的柴刀，照着那人脖子就是一划，血浆像喷泉，汩汩地往外喷。

另一人抽回了砍在铁面人身上的刀，用力过猛脚下踉跄，没躲过铁面人劈头一刀。

虽然身受重伤，追兵也在身后，可铁面人没有立刻就走，他捡起地上的两个火把，扔进了旁边的干草垛。

没走出多远，他的身后火光冲天而起。

这次没用多久，铁面人就找到了出村子的路，他被砍到只有一层皮连着的手腕上血还汩汩地流个不停，不过他完全顾不上伤口，只想离开这个鬼地方。

村子通向外面只有一条山路，这个时间天已擦黑，他希望能碰到一辆车，不要遇到外出回家的村民。

就在铁面人几乎失去意识的时候，他听到了远处传来的汽车引擎声，有微弱的车灯灯光在前方的山路上渐行渐近。铁面人努力蹿到路中间，想要挥手阻拦来人，车子越来越近，却并未减速，车灯刺着他的眼睛，他突然有种不祥的预感，下一秒他被撞得飞了起来，又重重摔在地上，撞到他的车来了一个急刹车，在狭窄的山路上"滋啦"一声画了个半圆。

铁面人倒在地上，看着那辆车急停，车上的人半天才拿着手电筒下车查看。

电筒的光晃得他有片刻恍惚，一双熟悉的皮鞋越走越近，他突然发现自己知道接下来会发生什么，皮鞋的主人会蹲在自己面前，而自己将被塞进后备厢。

他绝望地看着慢慢凑近的人，是郑皓，也是自己。

在后备厢里颠簸了一路，铁面人已经没有力气警告被酒糟鼻接走的自己，他努力保持清醒，直到另一个自己和酒糟鼻停车走远，他才努力从后备厢中翻身出来。

铁面人茫然地环视着这个噩梦般的村子，试图理清到底发生了什么，可依然毫无头绪。他漫无目的地在村里走着，恐惧撕扯着伤口，血沿着石板路一路走一路淌。

他想起了那个自己被囚禁的石室，顺着记忆他一路走过去，石室里有微弱的烛光。他想对石室里的人说什么，却根本发不出声音。

那个酒糟鼻用来出入的绳梯还挂在外面，铁面人思考半晌，把绳梯顺进了天井。借着星光，铁面人看见石室中一个和自己带一样面具的人正在朝上看，他招了招手，示意下面的人顺着绳梯爬上来，然后转身就走。

铁面人已经猜到了石室中的人是谁，他并不想猜测如果自己和那人见面，是一种什么样的情形。

没走出多远，铁面人的意识又开始模糊，失血过多导致他浑身发冷，脚步越来越沉重，视线也开始不再清晰，他索性靠在路边的石墙上休息一会儿。

恍惚间周围人声嘈杂，视线里也出现了越来越明亮的火光。他感觉有人在扯他的臂膀，疼痛让他瞬间清醒过来。

数十人围在他的四周，架着他往前走，酒糟鼻就在这群人中间。他在发号施令："可算逮着他了，现在咱们就去神树前收获长寿果。"

⑦ 郑皓

这天是周末，郑皓整整睡了一下午，睁开眼睛时已经六点多，他用了很长时间来思考自己在哪，得出结论后他打算再睡一觉，可最终还是被饥饿打败了。

他拿起手机，给女朋友打了一个电话："亲爱的，刚睡醒，你饿了吗？我去找你吃饭啊。"

电话那头是女朋友不冷不热的声音，大概就是很累，不想出门，让郑皓自己找点儿吃的。

郑皓有些失落，但挂电话后还是很快便释怀了，在他三十年的人生中，只有饥饿是无法忍耐的，他决定开车去楼下转转。

后来郑皓经历了许多无法理解的事情，而在所有的一切中，连伤痛都不真实，只有这股深入骨髓的饥饿感一直在纠缠着他。他也想过如果自己醒来没有去吃东西，结果会不会不一样，可这假设毫无意义，因为现在的他既无法奔向未来，也无法回到过去。

在一家路边的大排档，他看见一个熟悉的身影在和另外的男人碰杯，他怀疑自己看错了，把车子停在路边，走近去看，发现确实是那个熟悉的人。

"我说我饿了，你怎么不来陪我吃饭？"郑皓站在桌边，对正在和别的男人吃饭的女友说。

女友愣愣地看着他，也不说话。旁边的男人站起来一把推开郑皓："你有病吧。"

郑皓不理他，又上前一步盯着女友："我说我饿了，你怎么不来陪我吃饭？"

女友皱眉看着他："我和朋友出来吃个饭怎么了？"

同桌的男人有点急了，用手扳郑皓的肩膀，郑皓顺手拿起桌上吃干净的铁签子扎进了男人的咽喉。

男人挣扎了一会儿，还没来得及反抗便停止了呼吸。

"我说我饿了，你怎么不来陪我吃饭？"郑皓语气平静，又问正在尖叫的女友。

开车出城的时候，郑皓把手上的血擦了又擦，可是完全弄不干净，因为有人报了警，郑皓什么都没吃就跑了出来，现在他一个人开车行驶在山路上，饥饿难耐。

手表在刚才的搏斗中被打碎了，手机也丢在了烧烤摊，他看了下车上的时间，7点40分，扭开广播全是夜间大排档凶杀案的新闻，好容易换了个电台，信号又开始滋啦滋啦响。

就在这时，他撞到了一个人。

车子在狭窄的山路上画了一个半圆，他下车看那个被撞倒的人，那人遍体鳞伤，头上还戴着一副诡异的铁假面。

铁面人一只手是断的，郑皓环顾四周，没看到铁面人的断手。

但是他看见了一个通红的果子。

郑皓真的饿了，他把果子捡起来，一口一口吃掉。

恍惚间他好像听到有人说："你吃了长寿果，已经是我们的人了。"

"我们"难道有其他含义？

完

MISSING

失踪

在一个荒无人烟的星球上，唯一一个垦荒者消失了，而载他到此的飞船还好好地停在停机坪上。

0 序

　　郑皓的案子也许是我经手过的最棘手的案子了，棘手的原因不在于复杂，而在于简单，简单到整个案情用一句话就可以概括出来。

→尚不趣也失踪了。

　　在一个荒无人烟的星球上，唯一一个垦荒者郑皓消失了，而载他到此的飞船还好好地停在停机坪上。

　　有位大侦探说过，当你排除一切不可能的情况，剩下的不管多难以置信，那都是事实。

可问题是，在这件案子里，我无法判断什么是可能，什么是不可能。

也许唯一值得庆幸的一点是，在只属于郑皓一个人的星球上，我们依然找到了目击证人。

我的上司和我打趣："现在有一个好消息，一个坏消息，你想先听哪一个？"

一般遇到这种情况，我默认两个都是坏消息。

上司对我说："好消息是，咱们其实有三个目击证人；坏消息是，三个目击者都是家用电器。"

1 登陆

柯罗-2A 行星离地球很远，我经历了几次空间跃迁才在约定时间到达这个星球。

委托公司的人来得比我早，他们在这漫天黄沙的星球上静静等待我的降落。

我的工作比较特殊，专门针对所有未开发星球，总结起来就像是一个肩负了侦探职责的保险业务员。

柯罗-2A 是一个所有权仍处于争议中的星球。三个月前，公司委派了一个家伙来这个荒无人烟的星球上驻扎，这个人的工作其实很简单，只要在这里生活就好。

我们对这种人有好多称呼：旗帜、船锚、坐标……总之，他就是一个标识，证明这座无人星球的所有权。

其实在他之前，这个星球上就已经建造了部分基础设施，并投放了一些人工智能设备，但只有人类才能确定星球的归属。

柯罗 -2A 上终年风沙漫天，平均温度都要高于地球的最高温度，而且生命种类单一，只有一种依靠矿物质生存的沙虫。

我不知道委托公司为什么想占有这颗看起来毫无利用价值的星球，也许这是他们行星大开发的一步，也许是这颗星球本身具有我所不知道的矿藏，也许只是想借此炒一炒公司的股价，但这些都和我没什么关系——我要处理的是关于人的案子，确定这个星球是否还能接受生命的到来。

那个被投放于此的"船锚"叫郑皓，土生土长的地球人，在来到无人星柯罗 -2A 三个月后，突然消失了。

委托公司的证言（1）：

（说真的，这种唯利是图的公司说的话，我一句也不信。）

三个月前，我司做好了开发柯罗 -2A 行星的准备，遂外聘行星驻扎代表郑皓来此工作。郑皓是地球人，我们通过一家长期合作的员工委派公司得到了这个男人的信息，并在合规的面试之后决定聘用他。他的具体工作是在柯罗 -2A 驻扎至少半年。

按照合同规定：非生命紧急状态，驻扎期间郑皓不得返回地球，公司将在柯罗 -2A 上为其准备能够满足生活起居的各项设施和用品，而他的职责除了坚守岗位之外，还要每天传回视频信息，信息内容包括行星的基本状况和他本人的情绪状况。

因为谁也无法预料这种绝对孤独的环境会给人带来何种影响，公司要百分之百地确保聘用人员的身心健康与安全。（对此我表示怀疑。）

公司和郑皓之间的联系保持了三个月，在公司报案的一周前，郑皓和公司失去了联系。驻扎基地因为刚刚建成，还没有配备完整的影像监控系统，公司采取了所有能够采取的措施，但依然无法确定发生了什么，于是决定派遣小型飞船登陆勘察。（得到消息的一周后才报案，对这一周是否真的采取过应急措施我表示怀疑。）

公司的勘察人员登陆后确定了以下几点：

生命探测系统显示整颗星球上没有任何生命。

所有移动工具均停放在仓库中，近一个月没有使用迹象。

公司在行星上储存的生活用品被正常消耗。

在基地内部未发现任何生命迹象，也未发现尸体。

基地有两处摄像头，分别位于仓库和基地大门外，通过对监控数据的排查，可得知郑皓未离开过仓库。

没有任何文字或影像留言。

我坐在柯罗-2A基地的餐厅里，点上一支烟，翻看着委托公司给我的书面材料。

整份证词总结下来，旨在说明郑皓在一个荒无人烟的星球突然消失了，简直是天方夜谭。我怀疑委托公司是为了掩盖某个事实而伪造了这么一起案件，我的评估可能也是他们计划中的一环。现在该公司的员工正带着我的人在取证，我不想出什么岔子，按照计划完成就好，至于这种能登上街边杂志的未解之谜，谁感兴趣谁去解开吧。

烟刚点起来，我只抽了一口，餐厅的烟感系统立刻发出警报。一个长得跟垃圾桶一模一样的清洁机器人不知道从哪里钻了出来，从圆滚滚的铁皮身体中伸出数个机器臂。

还没等我反应过来，他就抢下我手里的烟掐灭，然后收进自己体内，接着喷出散发着莫名香气的空气净化气体。这气体香气刺鼻，像是掺杂了什么劣质的香精，呛得我咳嗽起来。

我想起了上司对我说过的话："三个目击者都是家用电器。"

眼前这个垃圾桶显然是其中一个目击证人，我试着叫住他，他身体顶部一圈蓝色的灯光亮了又灭，像是听见了我的询问。

"您好，请问您有什么吩咐？"垃圾桶发出了机械的电子音。

"我想和你聊聊，有关你之前的主人。"我试着用机器能听懂的方式措辞。

"没问题，不过基地内禁止吸烟。"垃圾桶答道。

2 失踪

在做这份工作之前，我做了十年刑警，对我来说，所有案件都只是拼图，我搜集证据、证言，然后将它们拼到一起，组成案件完整的图景。如果有人撒谎，那这幅图就不会完整，我要做的是让一切完整，让谎言得以纠正。

我默认所有人都在撒谎，这样在拼图时我可以思考更多的可能。但这次的工作也许会简单许多，因为按照公司的说法，我可以直接调取这三个能够作为证人的机器人的数据，这些数据无法造假。

我问过公司的技术人员，直接与其对话是否可行，技术人员肯定了这一点。既然结果相同，那我必然选择我擅长的方式。

不过审讯机器人，我还是第一次。

对清扫机器人 H-D64279 的询问（1）：

我："你的名字。"其实我知道他的型号，也知道他的职责，我从委托公司那里拿到了这几台机器人的资料，我只是想看看他的反应。

清扫机器人："如果您问的是我的型号，H-D64279。"

我："职责。"

清扫机器人："以整个基地在内包括方圆一公里为范围，鉴别垃圾、回收垃圾、处理垃圾。具体垃圾种类分为27类，处理方法有6种，对应方式为……"

我："停，我不需要那么详细的介绍。"在登陆基地之前，我已经详细地看过这个垃圾桶的说明书了，包括他那个小小的桶型身体里有多少种垃圾处理工具我都了如指掌。

我："我看过你上传的数据资料了，其中有一段说明，在上个月二十二号那天之后，你再也没见过你的主人，也就是郑皓，对吗？"

清扫机器人："我记录的内容是客观准确的。"

我："讲一讲二十二号当天的情况。"

清扫机器人头顶的呼吸灯闪烁了一圈，片刻过后，他开始了讲述。

"本月二十二号是我来这儿值勤的第一百二十四天，是我为新主人郑皓服务的第九十一天，天气晴朗，能见度高，风沙低于柯罗 -2A 一年来的平均指数。

"上午时间 5:30，我从休眠中醒来，开始一天的工作。

"我的工作从杂物间开始，再到浴室、餐厅、起居室、活动室以及室外方圆五百米的范围。

"每一个区域我的工作时间是二十分钟，工作内容是垃圾的鉴别、回收和处理。

"杂物间内灰尘指数中等，应收垃圾无，需整理物品有如下几种……"

说到这里我打断了他："不需要每一样垃圾都讲出来，我只要知道那天和郑皓有关的事情。"

清扫机器人的呼吸灯又转了一圈，然后继续陈述。

大概十分钟之后，他结束了讲述。我遣他离开，然后开始整理询问到的内容。

5:30，清扫机器人打扫杂物间，杂物间无异样。

5:50，清扫机器人打扫浴室，浴室有使用过的痕迹，根据遗留水渍的扩散情况和水渍温度，可以判断在一个小时前，有人用过浴室。不用说，肯定是郑皓，毕竟整个星球上只有他一个人，不过机器人不会主动做出这种推断。

6:10，清扫机器人打扫餐厅，此时厨师机器人——这是我们另一个目击证人——正在给郑皓做早餐。按照规定，厨师机器人也和清扫机器人一样，在5:30从休眠中醒来，然后用三十分钟的时间做饭，当清扫机器人打扫到这里时，早餐理应完成。可据清扫机器人的证词，早餐完成时间推后的情况已经连续发生一个星期了。

6:30，清扫机器人来到起居室，此时郑皓还在睡梦中，他叫醒了郑皓。郑皓前往餐厅之后，机器人继续打扫。接下来的时间，清扫机器人和郑皓再无交集。

7:10，清扫机器人做完了所有的工作，从室外回到了基地内部，这时他一般会重新进行一遍垃圾的检索。整个检索过程中他都没见到郑皓，却发现餐厅里又满是垃圾，于是他花了大概五十分钟的时间重新将这些垃圾清理打包。

8:00，清扫机器人完成了一天的工作，二次进入休眠。

每天的 13:30 和 18:30，清扫机器人都会重复一遍以上流程，不过从二十二号 13:30 醒来开始，他就再也没见过郑皓了。

"那一天你有没有看见什么不寻常的事情。"最后我问他。

他头顶的呼吸灯又转了一圈。

"我每天鉴定、回收、处理垃圾，"清扫机器人答道，"但我没有'看'这项能力，我只能识别，识别我的主人郑皓，识别成千上万种垃圾。"

3 第二个证人

按照清扫机器人 H-D64279 的证词，他最后一次见到郑皓是在 6:30 的起居室，是他叫醒了郑皓，然后郑皓前往餐厅，接下来便消失无踪了。

在我询问的时候，委托公司的人和我的人搜遍了整个基地，没发现任何郑皓的踪迹。

他的衣物、生活用品、工作日记，都还放在本来应该在的地方，所有的一切都没有一丝异常，除了郑皓这个人无声无息地消失了之外。

在登陆行星之前，我已经通读完了关于郑皓的所有资料。

郑皓的个人资料：

姓名：郑皓

性别：男

年龄：26 岁

身高：187cm

体重：61kg

个人履历：于宇宙历 231 年出生于北半球某贫民窟，父母为何人已不得知，出生即由贫民窟的福利组织抚养。

在福利院开办的学校内学习，后成功考入某商业大学学习管理，毕业后彻底摆脱贫民身份，成为一家创业公司的骨干。

二十四岁时结识现在的妻子，同年十二月结婚，次年生子。

二十六岁时和妻子分居，儿子由妻子抚养，本人辞职，之后开始酗酒。

同年因酒后斗殴进入监狱服刑，此次斗殴导致郑皓右手手腕肌腱永久性断裂。

五个月后郑皓出狱，参与柯罗 -2A 行星驻扎代表的竞聘。

竞聘成功后登陆柯罗 -2A，三个月后失踪。

我猜测他放弃优厚的工作，来到这个鸟不拉屎的星球是因为失败的婚姻生活，事实上我不能够理解这一点，毕竟我到现在一直都还是单身。

随后我调取了郑皓和地球方面联系的所有音频资料，都是常规的报备——"今天是某年某月某日，是我在柯罗 -2A 上的第几天，一切正常，报告完毕。"

完全没有任何可疑之处，甚至直到他消失的前一天，这种报告还在正常进行。

对整个基地的搜索还在进行之中，我独自一人坐在餐厅里，仿佛找回了当年做刑警时的感觉。

我传唤了第二位证人——厨师机器人。

对厨师机器人 H-D37518 的询问：

我省略掉了前面无关痛痒的问题，他的型号是 H-D37518，职责就是负责郑皓的一日三餐。他的外形看起来和清扫机器人一样，只不过更高，毕竟他需要够到厨房台面。

厨师机器人："我每天会在 5:30、12:30、17:30 三个时间从休眠中醒来，为郑皓准备三餐。菜谱是系统设定好的，每七天一个循环，原料都在低温仓库中，足够维持郑皓至少三年的日常活动。假如郑皓有其他饮食要求，我会临时醒来工作。"

我："这种临时的工作多吗？"

厨师机器人："我作为厨师机器人共值勤二百一十天，为郑皓服务了九十一天，其中有四十四天，我都进行了临时追加的工作。"看来郑皓是个吃货。

我："哦？他一般什么时候会临时找吃的？"

厨师机器人："在有追加工作的四十四天中，9:00—12:00 加餐的情况有十八天，14:00—16:00 加餐的情况有三十一天，22:00—24:00 加餐的情况有二十七天，5:30 加餐的情况有六天，12:30 加餐的情况有六天，17:30 加餐的情况有六天。这其中有大量时间重叠，具体日期请等待我调取数据。"

为什么正餐跟追加工作的时间莫名其妙地重叠了？

我："我要 5:30、12:30、17:30 三个时间段加餐的日期。"

一阵沉默之后，厨师机器人告诉了我具体的时间。

是郑皓失踪前六天，也就是清扫机器人发现餐厅做饭时间推后的那几天。

我："如果我没记错，这三个时间点是他正餐的时间，为什么你要说是追加工作呢？"

厨师机器人："因为我的工作只负责郑皓一个人的饮食，除此之外所有的工作都属于临时追加，在这六天中，每一餐郑皓都吩咐我准备两人份的伙食。"

我心中一惊，这段证言太重要了，也许这颗死星上除了郑皓还有第二个人存在。清扫机器人也提到过，在郑皓醒来之前，浴室有人用过。

我："在这九十一天里，除了郑皓之外，你还看见过其他人吗？在这颗星球上。"我尽量让条件明确，以便机器人能够准确理解并回答。

"我只会加工食材，准备三餐，"厨师机器人答道，"我没有'看'这项能力，我只能对食谱上的食材进行辨别加工，然后遵从郑皓的意愿，产出三餐。"

4 推论

委托公司的证言（2）：

本公司只委派过郑皓一人作为柯罗-2A 的行星驻扎代表，并没有将其他任何人送往此行星，所有的储备物资也是按照一人份准备的。

柯罗-2A 到地球的民航航线仍未开通，而且在最近五十年内不会开通，皆因为柯罗-2A 过于贫瘠，既不适于生存居住，也不适于星际旅行。

现柯罗-2A 开发、旅居的所有权力都由我司持有，唯一通向此行星的跃迁星港由我司严格把控。近一年时间，只有四艘飞船通过此空港登陆过柯罗-2A。

第一艘飞船出发于一年前，此次飞行为柯罗-2A 第一次勘探，共有二十人参与了此次任务，并在此行星上驻扎了大概两个月左右。这两个月里，基地建成，各种智能机器人开始投放，一切都是为之后行星驻扎代表的委任做准备。

我司保证，二十名船员在任务结束后已经全数返回地球。

第二艘飞船出发于三个月前，船员一人——郑皓，未返航。

第三艘与第四艘飞船便是你所搭乘的飞船和我司协助人员所搭乘的飞船，目的为调查郑皓的失踪及确定柯罗-2A 是否仍然有条件进行驻扎。因为这两艘飞船登陆于案件发生之后，不做详细描述。

我司对此的结论是，郑皓值勤的三个月里，柯罗-2A 除他之外，绝对没有任何一个人类。

此观点所指范围不包括现我们所不能得知的外星人类。

我将星球上有其他人类的设想告知了委托公司，得到的便是这么一份官方回复，我认为这项回复完全是在撇清责任，并没有任何价值，但回复中的内容确实是真实的。

所有登陆过柯罗-2A 的人员的资料现在都摆在我面前，通过地球方面的核实，这些人中除了郑皓失踪之外，其他人真的再没离开过地球。

难道真的存在我们认知范围之外的外星人？

我很快就打消了这个念头，如果真的是我们认知之外的生物，那很有可能他的思想和科技与我们的都有所不同，若真如此，那我的调查就会变得毫无用处。

那不是我应该考虑的事情。

这份委托公司的证言根本不可信。

我重新调取了清扫机器人的档案，查看了在最后这六天里，所有关于餐厅垃圾的详细列表。

除了大量被扔掉的骨肉食材之外，每次饭后打扫时，餐具都是两份。在这个基地里，至少最后那六天里，一定有第二个人存在。

为了验证我的推断，我又一个人重新搜索了一遍基地，浴室和起居室的情况验证了我的想法。

在清扫机器人的数据中，最后六天他所整理的被褥都有两套，而浴室虽然无法判断几人使用过，但沐浴用品的用量告诉了我实情。

除非郑皓每次都用双人份，否则这些瓶瓶罐罐里的液体不会少这么多。

那么现在的问题其实是，委托公司是否知情。

我把这些证据输入我的随身系统，并没有立刻上报。凭我多年的探案经验，这里的事情可能比看起来的要复杂。

我的手下和委托公司的人开始了对基地外围的搜查，现在在公司看来，最大的可能是郑皓通过某种手段避开了基地大门的监控摄像，然后在柯罗-2A的漫天风沙之中迷路了。

如果不是两个机器人的证词，我想我也会同意这种简单粗暴的推论，可现在一切都不同了。

餐厅是记录里郑皓最后一次出现的地方。我重新回到了餐厅，一边观察周围的情况，一边叫人将第三个目击证人带来。

5 线索

这个餐厅还保留着地球最原始的餐厅的样貌，只不过所有的模块都有语音操作和智能系统。一切都井井有条，在可见的范围之内，我看不见任何可以藏匿的空间。

据我推论，郑皓在消失的六天前，接待了一个陌生人 X。X 的身份、人种、目的完全不明，如何躲过监控进入基地也是一个谜。

而郑皓的消失有三种可能。

一是搭乘 X 的飞船离开了柯罗 -2A，但这是一个纯粹的、毫无线索的假设；一是已经死亡，尸体被遗弃在这个死星的某处，而这一推论的漏洞在于，基地大门没有任何人进出的影像；还有一种可能就是郑皓确实没离开过基地，他，或者是他的尸体，现在还藏在基地的某处——这个可能最大的问题是 X 是否存在，如果存在，他扮演了何种角色。

我一边思考一边继续对厨房进行搜索，功夫不负有心人，我终于在厨房的门边发现了一些奇怪的痕迹。

基地厨房的大门有气密式的包裹层，根据之前的资料，这是为了让厨房能够进行全面彻底的消毒。

在消毒时，整个厨房会被完全隔绝，喷洒消毒气体，此种气体对人体并没有什么危害。

但在那个密封门旁，我发现了人类指甲抓挠过的痕迹，看起来像是房门封闭之后有人想要挣扎着逃出去。我立刻叫来公司的员工，询问相关情况。

对公司员工甲的询问：

我："消毒多久进行一次？"

员工甲："大概一周一次，会在深夜进行，不过也可以手动进行消毒，控制权在郑皓手上。"

我："消毒时喷洒的气体对人体有危害吗？"

员工甲："没有任何危害，现在的消毒剂可能会让你觉得呛，但其中不含任何有毒元素。"

我："如果在消毒时被困在了厨房中，能出去吗？"

员工甲："密闭消毒的控制系统在总控室，就是为了防止有人误操作，将自己困在厨房里。虽然也没有什么危害，但如果真的发生了这种情况，只要这样做，就可以打开密闭舱。"

员工甲边说边走向房门，房门内部有一个金属的闸门，闸门很紧实，员工甲用整个身体的力量去扳它，才将闸门打开。

虽然会费一些力气，但正常成年人打开没有问题。

员工甲："在出发之前，有关这些操作我们都会进行培训，所以郑皓不存在会被关在厨房里的情况。"

我："这个抓痕明显是因为房门打不开，挣扎着抓挠的迹象。"

员工甲："对此我无法表态，我只能说在安全事项上，公司考虑得十分周全。首先郑皓不会在有意识的情况下将自己困在厨房中——因为闸门可开；其次即使困住了，也没有生命危险——因为消毒气体无毒。"

我："如果有人替换了消毒气体呢？"

员工甲："整个基地没有有毒气体可以替换。"

我走到橱柜旁，打开柜门，翻出去污剂和消毒液。

我"这两种东西提纯混合再提纯可以合成微量的神经毒素VX，正常情况下完全不用担心，因为这种毒素很容易挥发，但在密闭环境中就完全不同了，足以致死。"

员工甲："即使是这样，在我们的安全体系之下，郑皓也可以打开闸门逃出去。门口的抓痕说明他没有失去行动能力。"

我："郑皓右手手腕肌腱永久性断裂，即使是清醒状态，他也根本无力打开密封门，这是一起谋杀。"

员工甲："也许是自杀，在死前最后一刻，郑皓后悔了，于是留下了挣扎的抓痕，但却根本无力开门。"

我："这解释不了双人份的物资消耗，不是吗？"

员工甲："我是公司的员工，我的职责是对此次事件进行善后处理，寻找真相不是我的工作。"

6 垃圾分类

又过了一阵子，公司员工才把第三个证人——陪伴机器人H-D15734带过来。按照公司的说法，这个机器人已经有了一定程度的损毁，不确定是否还能和我对话，而她所存储的资料也都是残缺不全的。

H-D15734和另外两个机器人不同，她不是铁桶外形，而是

1+5+7+3+4=？

一个完美的人形，准确地说，她的身材姣好，如果按照人类标准的话，是个完美的女人——如果不是金属皮肤的话。

公司对这个机器人的介绍中提到，这个机器人的主要作用是陪伴，以免郑皓在无人星球上孤独到疯掉。也就是说，她没有具体工作，主要是和郑皓模拟人类之间的交流，帮助郑皓排遣寂寞。

这个金属制成的完美女性机器人来到我的面前，我的目光无法从她的身体上移开——并不是因为姣好的身材，而是因为这具身体已经满目疮痍。

H–D15734 的金属制身体上满是伤痕，我粗略地判断了一下，这些伤痕大部分来自殴打和劈砍，还有部分金属的颜色已经发生了变化，也许是长时间的灼烧导致的。

她原本完美的身体上现在许多部位都因为破坏而露出了内部的金属管线，工作人员表示：她未必能完整地回答我的问题，因为现在没经过检测，不知道哪部分的功能模块已经损坏。

而关于她是如何损坏成这个样子的，工作人员表示不知情。

对陪伴机器人 H–D15734 的询问（1）：

我："你怎么弄成这个样子，我是指你身上为什么会有这么多损坏的部分。"

陪伴机器人："……无法回答。"

我："二十二号当天，也就是郑皓失踪的那天，有什么不寻常的情况吗？"

陪伴机器人："……失踪……郑皓……二十二号……我最后一次见到……二十二号……不知道……谁……"我完全无法解读她断断续续的语句到底是想表达什么。

我："你能听懂我的问题吗？"

陪伴机器人："……可以。"

我："请讲出你二十二号当天的行动。"

陪伴机器人："……"

之后无论我问什么问题，陪伴机器人都保持沉默。

委托公司的工作人员只能对陪伴机器人进行调试，他们承诺会尽力将机器人修好。我则放弃了与这个损坏机器人进行沟通，告诉他们把数据提取出来就好。

我缓步走出基地，找了一个风沙不大的角落抽烟，这时正赶上清扫机器人收拾垃圾。他的工作井井有条，我看得津津有味。

一阵大风刮过，我脚边的沙地暴露出一具沙虫的尸体。这种虫子的体型不大，估计也就我的两个脚掌长，土黄色，浑身披着硬甲。

我用脚挖了挖沙土，那只虫子整个暴露了出来。清扫机器人走过来，用机器臂将虫子的甲壳摘下来，又将甲壳和已经风干的肉体分别收进垃圾桶，然后运送到旁边的分类垃圾箱里。

分类的垃圾桶有数十个，我庆幸有机器人来做这项工作，因为我觉得没有几个人能记住这些分类的规则。

我自己也不清楚是出于什么目的，也许只是想聊聊天，总之，我又一次找上了清扫机器人。

对清扫机器人 H-D64279 的询问（2）：

我："沙虫应该属于什么垃圾啊？"

清扫机器人："沙虫不是垃圾。"

我："我说沙虫尸体。"

清扫机器人："我不知道什么是沙虫尸体。"

我："你刚刚扔过一个啊。"

清扫机器人："我不知道什么是沙虫尸体，我扔掉的是肉类和甲壳类垃圾。"

我觉得机器人的逻辑很有意思，便伸手从两个分类垃圾箱里捡出他刚扔掉的尸体和甲壳。

我："这就是沙虫尸体。"

清扫机器人："这是肉类垃圾，这是甲壳类垃圾。我的数据库中没有沙虫尸体。"

我突然明白了什么，把烟头在清扫机器人的头顶掐灭。

我："你和我说过，你不能'看'，只能识别，识别郑皓或者垃圾，如果郑皓死了，像这个沙虫一样，你会做何判断？"

清扫机器人："死即是失去了生命，郑皓不会失去生命。你拿的不是沙虫，你拿的是肉类和甲壳类的垃圾。"

我倒吸一口冷气，终于明白了清扫机器人的逻辑。

失去了生命的郑皓就不是郑皓了，是垃圾。

7 真相

我的手下很快就在垃圾箱里找到了郑皓的尸骨，但很可惜，尸体和肉类垃圾全部混杂在了一起。这颗行星上的设备显然做不到将人类的肉从大量的肉类垃圾中分离，幸好骨骼显而易见。

我心中一块大石落了地，至少郑皓本人找到了。

案件真相的推测（未完成）：

在郑皓失踪前六天，某个神秘人 X 登陆了柯罗 -2A，并进入基地与郑皓一同生活，这个推测可以从饮食、备品消耗和厨房机器人的证言三方面来佐证。

（疑点在于没有任何其他人进入基地的监控影像留存。）

不知道出于何种原因，X 设计杀死了郑皓，通过对餐厅的消毒系统下毒。郑皓被困在餐厅中，因为手腕肌腱的旧伤，他无法成功开启安全闸门，于是死在了餐厅里。

（餐厅房门有抓挠痕迹，消毒系统内的毒素检测正在进行，但我想答案是肯定的。）

郑皓死后，消毒流程结束，7:10，清扫机器人回到餐厅二次巡检时，发现餐厅又满是垃圾。（清扫机器人的证言佐证。）

这些被清扫机器人识别的垃圾其实是失去了生命的郑皓——也就是尸体。

（在调查 X 存在的可能时，我检查了清扫机器人存储的垃圾数据，发现了大量的骨肉类垃圾，现在看来，正是郑皓的尸体。）

于是郑皓的尸体被当作垃圾切割、分类、抛弃。

自此郑皓消失，并且不会出现在基地出口的监控器中。

整个推测的问题在于 X 是否存在，如果不存在，为何基地内会有两人生活的证据；如果存在，X 是如何躲过大门处摄像头的监视的。

我努力回忆整个案件的经过，所有人的线索和证言都是一块块的拼图，我将这些拼图组合到一起，X 是多出来的一块，我无处安放。

于是我开始寻找其他被遗漏的部分。整张拼图上还有一块是不完整的，问题的关键在于陪伴机器人 H-D15734。

对陪伴机器人 H-D15734 的询问（2）：

我："这么说吧，二十二号那天，你见没见过郑皓？如果见过，他做了什么？"

陪伴机器人："……你指的是哪一个郑皓？"

我："你的意思是郑皓不止一个？"

陪伴机器人："……郑皓有两个，你问的是哪一个？"这不寻常的措辞一定是问题的关键所在。

我："你看见过两个郑皓？"

陪伴机器人："……我的职责是陪伴，我没有'看'这个功能，我能够识别郑皓，并服从郑皓的命令。"

我："具体讲一讲你识别到了什么？这两个郑皓都是什么样子的？"

陪伴机器人："……我识别到了两个不一样的郑皓，一个郑皓对我十分温柔，另外一个则总是伤害我。我身上所有的损伤都是第二个郑皓造成的。"

我："他们都是郑皓？"

陪伴机器人："……是的，这都是我的系统判断出的结果。"

我："我是不是可以这么理解，这两个郑皓共用一个身体？"

陪伴机器人："是的，他们也会互相争吵，甚至伤害对方。温柔的郑皓对我十分愧疚，他曾跟我说，会替我解决掉这个麻烦，让那个暴虐的郑皓永久消失。"

听完陪伴机器人的描述，我豁然开朗。

原来我走错了方向，X 并不存在。

拼图在这一瞬间完成。

案件真相的推测（补全）：

郑皓具有双重人格，一重正常，一重暴戾。

两重人格共用一个身体，他们在不同的时间段拥有身体的支配权，所以所有的备品都消耗了两份，连吃饭都是每重人格一次。

暴戾人格对陪伴机器人造成了伤害，甚至还开始对正常的人格进行威胁。正常的人格最终无法忍受，设计将其杀死，但两人一心同体，于是郑皓永久地失去了生命。

随之清扫机器人将尸体当作垃圾，扔进了垃圾箱。

从来就没有什么 X。

8 尾声

这个案件结束之后，我带着郑皓的骨灰回到了地球。作为一个称职的保险人员，我还需要进行最终的善后工作。

我查到了郑皓妻子的住址，他的骨灰需要我送过去。

郑皓的妻子叫徐晓曼，他们分居之后她一直是单身母亲的状态。我捧着骨灰盒，敲开了她的家门。

徐晓曼一身家居服，看到我面无表情。我不知道她得没得到丈夫死亡的通知——虽然他们已经分居很久，但毕竟没有离婚。我将骨灰盒递过去，她疑惑地看着我，没有接。

我也觉得有些尴尬，这时她的孩子跑了过来，面对这个孩子，我不知道该哭还是笑。

徐晓曼将孩子赶回屋里，但是没有让我进屋的意思。

我只能在门口和她说话。

和郑皓妻子徐晓曼的对话：

我："我是受您丈夫所属公司委托的保险人员，我有一个不幸的消息要告诉您，请您一定要挺住。"

徐晓曼："我丈夫？"

我："嗯……据我们所知，您和您丈夫还没有离婚，您是他在地球上唯一的家人。所以我们依照程序，还是第一时间来找您了。"

徐晓曼："发生什么了？"

我："您丈夫之前接受了驻柯罗 -2A 行星代表的工作，但因为一些原因，他在工作中不幸失去了生命。"

徐晓曼："等一下，你在说什么？谁死了？"

我："我知道这个事情对任何人来说都不好接受。您的丈夫——郑皓，在柯罗 -2A 行星上去世了，具体情况我会在之后慢慢给您讲。"

徐晓曼："你等一下，我丈夫确实叫郑皓，可是他三个月前就已经死了。"

那天我又捧着骨灰盒离开了徐晓曼的家。徐晓曼没有骗我，她的丈夫——郑皓，确实在三个月前死了，死于一次入室抢劫。

那时他们早已分居，郑皓一个人住在出租公寓中，他确实刚刚通过了柯罗 -2A 驻星代表的考核，可在出发之前，他被一个入室抢劫犯杀死了。

那个抢劫犯叫赵建伟，他作案之后并没有被追捕，因为没人发现既无家人同住，也无工作的郑皓已经死了。赵建伟顶替了郑皓的身份，逃往了柯罗-2A。

之后徐晓曼发现久久联系不上郑皓才报了警，警方立刻通过监控锁定了犯罪嫌疑人赵建伟，可却一直一无所获，毕竟他已经不在地球了。

而那个无人认领的骨灰盒被我送回了公司，我把这个已经封存的案件档案又调取出来，将受害人——同时也是犯罪嫌疑人的赵建伟的个人资料加了进去。

赵建伟（假郑皓）的个人资料：

姓名：赵建伟

性别：男

年龄：32岁

身高：165cm

体重：50kg

个人履历：于宇宙历225年出生于北半球某贫民窟，父母为何人已不得知。出生即由贫民窟的福利组织抚养。

未经过任何学校教育，多次因偷窃、抢劫和故意伤害入狱，最后一次出狱后入室抢劫，杀死了郑皓，顶替他的身份成了柯罗-2A的驻星代表，借此逃脱追捕。

登陆柯罗-2A后三个月，因极端环境引发多重人格，一重人格将另一重杀死。因宇宙飞船规定不得运送尸体，于柯罗-2A火化，骨灰已送回地球，无人认领。

完成了最后的工作，我长吁一口气，所有的案卷都已被我封存，我不禁哑然失笑。

也许是多年的刑警经验让我听不得一丝风吹草动，在那颗死星上的案件中，我不听劝阻地设定了一个嫌疑人 X，最终结果却是另一种形式的自杀。

X 其实就是他自己。

如果用拼图打比方，那就是一个最最普通的 4×4 拼图，我非要将其剪成 12×12 来完成。我想我也许要改掉自己无处不怀疑的性格了，徒增工作量而已。

案件结束了。

结束了吗?

赵建伟的资料像是一块新的拼图，在我的脑海里挥之不去，我试图给这块拼图找一个合适的位置，却发现一切都像连锁反应一样根本不匹配。

如果赵建伟这块新发现的拼图是正确的，那是哪里错了呢?

9 另一个真相

案件真相的推测（未记入案件卷宗）：

在一个荒凉的星球上，三台机器人为一个人类服务，可这个人类生性暴戾，不把机器人当作同伴。他惨无人道地虐待机器人，直到机器人损毁也不停手。

这三台机器人决定报复，或者仅仅是决定采取某样措施来阻

三台机器人联手，所以彩票号码是……

止人类对他们的伤害。

他们杀了那个人类。

他们清楚杀害人类之后必然会有其他人进行调查，为了自保，他们也编了一个故事。

这个故事是完整的，但他们深知人类怀疑的天性，他们了解人类的自大。

人类会去质疑自己听到的一切，人类会寻找证据，挖掘联系，最终查到真相。那要怎么做，才能让人类对他们的谎言深信不疑呢？

很简单，只要让人类自己把谎言补完就好。 手记里的信息是真实的吗？

所以他们从不讲述事件的全貌，他们只是放出线索——即使这些线索并不合理，比如无人的行星上凭空多出一个人来；比如某个人消失不见，活不见人、死不见尸；比如在机器人眼中无法理解的双重人格——毕竟机器人连人格都没有。

人类不会去怀疑这些线索本身就是假的，他们会认为自己没能看见事件的全貌。他们会通过添加细节、制造证据，让这些天方夜谭一样的谎言合理化。

这样的结果就是，机器人没有撒谎，是人类自己骗了自己。

没人会注意到机器人杀了人，他们只是按部就班地完成自己的工作。

但机器人犯了一个错误，一个微小的错误，这个错误来自他们无可更改的底层逻辑。

这三台机器人不能'看'，只能识别。

识别某项工作是否属于自己，识别某样垃圾到底属于哪个分类，识别眼前的人是否就是资料上的人。

可他们没想到，资料本身就是错的。

郑皓不是郑皓，所以他的右手肌腱没有受伤，如果真的是困在了充满毒气的密闭餐厅里，他完全可以靠自己健全的双手打开安全阀存活下来。

机器人在编造谎言时当然不会知道郑皓其实是赵建伟冒名顶替的，他们严格按照郑皓个人资料中的内容，建立了一个专属于他的场景。

但这个场景不适用于赵建伟。

一块拼图出了问题，和其他所有的拼图都对不上齿了。

可是这一切只是推测，人类没有证据。

赵建伟的尸体已经变成了骨灰，无法再通过尸检判断死亡原因；清扫机器人的机械臂上可能会遗留有赵建伟的血肉组织和DNA，但机器人早已进行自我清理，找到DNA的概率几乎为零；陪伴机器人本就因遭受虐待而损毁，这导致了她所有的音频和视频信息无法留存，双重人格只存在于她的证言之中，真伪无法分辨。

案件完结的十五天后，委托公司处理了柯罗 -2A 上所有的财产。

因为这起案件，驻星代表这个职业所面临的精神压力和危险性被放大，这颗孤寂星球的开发计划将被无限期搁置。

陪伴机器人 H-D15734 损毁严重，已无法修复，直接于死星销毁。

清扫机器人 H-D64279 和厨师机器人 H-D37518 留于柯罗 -2A，进入不知何时重启的无限期休眠。

我曾想过回到那颗星球去寻找真相，但随着开发计划的搁浅，唯一一个通向那里的空港也不再运营。

这份关于案件的完整卷宗被我单独收在一个抽屉里，那里全是这些年我没能查清的案件。

赵建伟的死亡证明被直接放入了郑皓被杀一案的卷宗里，骨灰葬在了流浪者公墓。

公墓会给每一个亡者登记资料。赵建伟没有任何社会关系，也没有家人，我作为他最终死亡案件的代理人，参与了他的葬礼。

与其说是葬礼，其实只是走个流程：公墓会登记他的信息，存放他的骨灰。

登记表需要我签字，管理员让我在备注栏上写些东西。

"写什么？"我问。

"每个人都会给死者写点儿东西。"他回答我。

可我并不是死者的家属，而且这个死者只是一个恶行累累的凶手。

这句话我并没有说出口，我提起笔在那张纸上写下了一句话。

"这是一个杀人犯的骨灰，他在孤独中死于三台家用电器的报复。"

WERE
WOLF

异世界
狼人杀

范·达因二十法则第九条：一部作品里，
只能有一个（主要的）侦探。

< **01** >

"这是一桩密室杀人案，凶手就在我们中间。"

郑皓看着脚下已经凉透的尸体，环顾众人，念出了他熟悉的台词。

"什么是密室杀人案？"人群中有人说话，众人视线转向说话人，只见一个身高超过两米五，肌肉宛若岩石，肤色深绿的兽人举手问道。因为身材过于高大，他只能缩着肩，低着头，紧贴在墙角。

郑皓看了一眼兽人，又看了看脚下的尸体，不禁叹了口气，怀疑自己现下处境的真实性，可那具鱼头人身、满身鳞片的尸体就躺在自己脚下。

郑皓趁众人不注意，用脚踩了踩那具尸体，鳞片湿滑，肉质松软，还真不是做梦。

这个鱼人的台词已经没了。

"这是谋杀？"一个中年白领挤过人群，凑过来看了一眼，又赶忙缩了回去。

"咱们是在玩狼人杀，这不是谋杀，这是游戏规则，它是被狼人杀了。这是规则允许的。"这声音来自一个穿着东方古装的书生，不过他看起来并不是普通的书生，因为他身侧凭空悬着一把青色的古剑。

规则内不算杀人？

郑皓深吸了一口气，他又环视了一圈众人，不禁悲从中来，这是他成为名侦探之后遇到的最棘手的状况。

现在他面前有脑袋没开化的绿皮兽人、唯唯诺诺的中年白领、仙侠传奇里的御剑书生、手持水晶球的吉卜赛女巫，还有一只黑白相间的哈士奇犬。

这时，房间内的广播响起了说不上是男是女的合成电子音："三十分钟后，第二轮投票将开始，请各位玩家到大厅集合。"

"通过这个现场，你猜出，不对，你推理出狼人是谁了吗？"吉卜赛女巫问郑皓，她眉眼高挑，双瞳异色，完全没有郑皓印象中女巫的苍老佝偻。

郑皓摇摇头，他是名侦探，可他什么都推理不出来。

岛田庄司新本格七大守则第四条：安排某些事件的发生，最好是杀人惨剧，而且还是发生在密室之内。

郑皓是传统意义上的名侦探，专破疑难杂案，他破案纯粹靠逻辑推理，对科学侦破法嗤之以鼻。

这天他在破完案子后回家的路上突然被人从后面打晕，醒来时已经在这个白色的大厅里了。

大厅内有个圆桌，围着九张椅子，他就坐在其中一张椅子上，其他八张椅子也都坐着什么，他看了一圈，觉得自己在做梦。

除了郑皓，另外八个人分别是骑士、女巫、白领、长翅膀的美女、书生、绿皮兽人、鱼人和一只狗。

九个人都醒来之后，大厅的广播响了，一个非男非女的电子合成音响起："首先欢迎大家参加此次狼人杀游戏，在座的各位都是自己世界中出类拔萃的精英，相信大家能够发挥自己的特长，在游戏中存活下来。我已经调整了各位的语言系统，保证大家互相交流不存在障碍。"

绿皮兽人一拍桌子："谁在说话？什么东西？"

郑皓看了一眼兽人，他身材魁梧，窝在那个小椅子上，看起来极为滑稽。再看其他的人，有的在四处寻找声音的来源，有的静静观察周围的一切，除了兽人，大家都没有说话。

幸好我知道狼人杀是什么，郑皓第一时间想到的是这个，而不是这莫名的状况到底合不合逻辑。

这时电子音又响起："现在起，我来介绍游戏规则。这个游戏的名字叫狼人杀，最早可以追溯到人类世界 1986 年苏联莫斯科大学心理学部的黑手党游戏，后来经过不断演化，出现了杀人游戏及与狼人背景结合的狼人杀等变种游戏。我们今天要进行的游戏，就是以此为基准。"

这段规则介绍完，落座的人们就开始了窃窃私语。

"1986 年？胡扯，那都一千年之后了。"

"不，那是一千年之前，是文化遗产。"

"什么是人类世界？"

"我们被绑架了？"

"梦，这一定是做梦。"

"我饿了。"

"汪！"

郑皓撇着嘴，没参与这场莫名其妙的讨论。他心中琢磨着，无论是不是梦，跟眼前这群奇形怪状的参赛选手相比，自己这个狼人杀高手，已经占尽优势了。

像是给参赛选手们预留了一定的讨论时间，电子音也做了稍许的停顿，然后冰冷的声音继续响起："你们无法拒绝这场游戏，这个封闭的空间不属于任何一个次元，你们无法回到原本的世界，除非游戏结束。在此期间，你们能得到一切用于满足生存的物品。"

这简直就是个暴风雪山庄，这个舞台很适合我，郑皓心想。

岛田庄司新本格七大守则第一条：把故事的舞台建筑在好像孤岛那样的封闭空间里，事件发生之后，已经出场的人物不可以离去，也不容许警方或其他外人进入。当然，先进的科学搜查也不能够进行。

"现在详细说明一下规则。你们当中有两个人的身份是狼人，其他人则是村民，狼人要隐藏自己的身份，把村民杀光，而村民要在被杀光之前，找出两个隐藏的狼人。村民不知道其他人的真实身份，两个狼人则互相知道对方的身份。

"每天早上九点，会在这个大厅举行投票，届时所有人必须坐在自己现在的位子上，各自指认自己认为是狼人的选手。因为狼人隐藏身份的缘故，他们也参与投票，并且投票有效。

"被指认票数最多的人将会被处刑，如有同票，那同票者以外的其他人将进行二次投票，二次投票如果依然同票，本轮将不会进行处刑，直接进入夜晚。

"之后我们将为各位指定自己的房间，每晚十二点到第二天早上六点，村民将回到自己的房间不得外出，此时间段两位狼人可以自由活动，并且需要从村民中选择一人，将其杀死，如果两名狼人选择的猎杀对象不同，那今夜将无人死亡，视为平安夜。

"游戏会持续进行到村民或是狼人一方全灭，最终胜利者将能够回到自己的世界并获得富可敌国的财富。"

"富可敌国是什么意思？"绿皮兽人问旁边的人，那是个浑身鳞片的鱼人，鱼人看着兽人，摇了摇头，往后缩了缩，嘴里发出"呜啦呜啦"的含糊音节。

御剑书生就坐在兽人对面，他说："富可敌国就是说你一个人拥有一个国家的财富。"

兽人听完嘴巴张成一个圆形，惊讶地继续问："国家是什么？"

电子音继续说道："各位面前的桌子上有一张卡片，那上面会标注你的身份，这个卡片严禁对其他参赛选手展示。"

郑皓打开面前的卡片，村民。

他有点儿想笑，他之前就觉得自己一定是村民，因为他是个名侦探，是故事的主角，主角一定是把狼人打败的普通村民。

范·达因二十法则第九条：一部作品里，只能有一个（主要的）侦探。

如果是多部作品呢？

可他随即便把笑容压了下去，他明白从现在开始，自己所流露出的一切动作和表情都会被其他选手捕捉，进而成为游戏中针对自己的武器。

在翻开自己卡片的时候，他没有忘记观察其他选手的表情，除他之外还有八个人，他们神色各异，都在沉思，只有绿皮兽人举着卡片一脸疑惑。

半晌过后，兽人大喊一句："我是部落里最强悍的战士，怎么会只是个村民？"说完他把卡牌翻过来给众人看，突然一道火光，卡牌自毁了。

"我再说一遍，禁止向其他参赛选手展示自己的卡牌。"电子音冷冷地说。

御剑书生看着兽人一脸茫然的样子，不禁趴在桌子上哈哈大笑起来，其他人虽然没笑，但也不再说话，只是都盯着兽人，眼神复杂。

电子音再一次响起："此外，村民中有一个人的身份与众不同，他被称为预言家。预言家每晚可以进行预言，即指定一名玩家，获取其真实身份。夜晚来临时，预言家将会获知预言的方法。"

每个人在听完这条规则之后都开始思索，这时一个背后有羽翼的女人站了起来，她拍着桌子刚想说话，就被电子音打断了。

"为了让各位参赛者明白我们组织者的良苦用心，同时对比赛的严肃程度有个明确的认识，接下来我们将会拿一个选手做示范。"电子音说道。

郑皓发觉有什么不对，他再看那个羽翼女子，突然明白了，她已经没有台词了。

只是一瞬间，那个长着羽翼的女人突然呼吸困难，像是某种力量在压迫她的胸口，然后便是一束黄光从她的胸口穿过，黄光散去，女人胸口有了一个血洞，再也说不出话了。

电子音继续说道："请大家检查自己的胸口，那里有给你们刻下的烙印，凭借这个烙印，我们能处罚一切违规者。补充一点，我知道大家各自都有特异的能力，但除了夜晚的狼人之外，暴力行为是明令禁止的。"

郑皓低头看看胸口，那里有一个圆形的黑色印记，再看其他人也和他一样，检查起自己的身体。答案是显而易见的，每个人都在自己的胸口发现了烙印。

大厅中一时安静得可怕，郑皓看着已经断气的尸体，虽然那尸体上有超出自己理解范围的羽翼，可还是让他备感亲切。

"三十分钟后，将进行第一轮投票。"这是电子音最后一次响起。

范·达因二十法则第七条：必须要有命案来引发读者的正义感。

郑皓思考自己现在的处境，因为胸口的烙印，想离开这个游戏是不可能了，那作为村民，他现在只能揪出狼人。他明白结盟的重要性，可环顾一圈，完全没发现有具备结盟价值的选手。

绿皮兽人还在摆弄那张被炸毁的卡片，对于眼前的状况百思不得其解；鱼人像是智力发育不完全，从开始到现在一句话都没有说，鱼类特有的大眼睛惊恐地骨碌碌打转；骑士正襟危坐，铠甲闪着不合时宜的光芒；书生像是在状况之外，吹着口哨用手指玩着额前掉下来的一缕头发，青色古剑凭空悬起，飘浮在他身边；吉卜赛女巫只顾着看水晶球，仿佛那个玻璃球能映出所有隐藏的真相。

也许只有剩下的这个人能和郑皓正常沟通，那人怎么看都是个普通人类，穿着西装，头发油亮，在别人讨论的过程中，他一直抱着肩膀，不言不语，瑟瑟发抖。

"汪！汪汪！"一声清脆的狗叫打破了寂静，郑皓突然发现自己忘了数第九张椅子上的哈士奇选手，这只可爱的哈士奇甚至没翻开自己面前的卡片。

"我觉得我们应该做一下自我介绍，然后讲一下自己是如何到这个鬼地方的。"一个女声在说话，是吉卜赛女巫，说话时她一直盯着水晶球，没看在场的任何一个人。

骑士轻咳一声，说话前先拍了一下桌子："我同意这位淑女的观点，我们应该互相了解。"说到这儿，骑士略微停顿，站起身来，一身铠甲撞在桌子上，"哐啷啷"地响。

他用低沉的声音说："我是卡斯特公国白犀骑士团团长——

伦勃朗·桑西·梵·蒂亚戈。教皇御赐我'恶龙屠戮者'的封号，我这把剑刺穿过两条成年龙的鳞甲，砍下过一只幼年龙的脑袋。"骑士边说边把自己的剑抽出来平举在面前，"当然，宰掉一两只狼人更是不在话下。"

"算了吧，你那只是块废铁。"书生整个人还是趴在桌子上，手指一挥，身后的青色古剑绕场飞了一圈，停在圆桌中心。书生抬起头，盯着骑士，剑尖也缓缓转向骑士。

骑士握紧了手里的剑，随时准备迎接书生的攻击，这时两人胸口的烙印同时冒起了红光，一阵灼热的疼痛侵袭了两人，书生的剑失去控制，落在桌子上，发出"乒乓"的响声，骑士也站不稳当，扶着椅子才能慢慢坐下。

郑皓看了眼书生，又看了眼骑士，他知道两人现在都不会死，台词还足够。

"规则都说了，禁止私斗，禁止私斗。你俩消消气好吧。"中年白领松了松领带，挥手制止两人。他已经满头大汗，西装下面的衬衫都已经被打湿了，"而且，现在最重要的是找出我们之中的狼人，否则今晚就会有人死于非命。"

吉卜赛女巫晃了晃手里的水晶球："今晚一定有人死。"

"别在这胡扯，谁死老子也死不了！"绿皮兽人跟着大吼。

郑皓眼见这帮人越来越偏离主题，再看时间，离第一次投票只剩下十五分钟了，而现在根本没出现任何有价值的线索。

郑皓重重地咳嗽两声："我说，咱们还是继续自我介绍吧，投票马上就开始了。"

"汪汪！汪汪！"九号选手哈士奇立刻附和。

岛田庄司新本格七大守则第三条：把在事件发生场所居住或做客的人，在小说的初段全部介绍出来。

<05>

　　"我叫郑皓，是个侦探，人类。"郑皓进行了简短的自我介绍，然后示意下一个继续。

　　吉卜赛女巫捋了捋头发，接着说："我是个女巫，名字不重要。我的水晶球能看见未来。"在她说话的时候，水晶球发出了幽幽的光，"这个屋子里有人面露死相。"她继续说。

　　"你能不能占卜一下谁是狼人？"中年白领举手说道。

　　女巫摇摇头，又点点头："我只是能看到未来而已，比如我能看见谁会死，但我无法占卜死人的身份。"

　　"谁会死？"骑士问道。

　　女巫静静地盯着水晶球，整个大厅一片寂静，仿佛等着她进行审判。

　　"你。你会在第一轮被投票处死。"女巫抬手，指向骑士。

　　"一派胡言！"骑士大怒，"简直是一派胡言，我是村民！为什么要投我的票？"

　　一派胡言，郑皓心想，在他的世界，这种巫术早已被定性为了江湖骗术。

　　范·达因二十法则第八条：不得使用超能力来缉凶。

没有超能力的话，还能找到尚不趣吗？

郑皓又看了一眼骑士，骑士还在自顾自地唠叨，不过此时的郑皓一句都没听进去，骑士会死，不过不是因为占卜，而是因为女巫的误导。

女巫抬起一只手，示意大家安静："你们还记得规则中提到过，狼人之间互相知道身份，所以他们一开始就可以演戏来迷惑我们。你们不觉得书生和骑士的冲突很莫名其妙吗？在明知道私斗会受到处罚的情况下，两人举剑相向，我认为只有一种可能，那就是两人完全不担心处罚，因为他们有默契会在处罚之前停手。"

骑士不再唠叨，静静地听着女巫分析，而书生依然以一个非常舒服的姿势窝在椅子上，仿佛眼前的一切与自己无关。

女巫继续说道："他们两人有可能只是演戏，让大家排除他们合作的可能。他们两人其实互相知道身份，就是狼人。"

书生撇撇嘴："算了吧，我跟这个傻大个可没有那种默契。"

女巫又看向骑士："你有什么想说的吗？"

这时骑士反倒沉默了，他的脸憋得通红，半晌才回了一句话："我的骑士精神不允许我对莫须有的污蔑进行辩解。"

整个大厅又陷入了沉默，大家仿佛都在思考各种可能性，突然一声狗叫打破了沉默。

"汪！"

郑皓被叫声喊回了神，看了眼表，投票时间马上就到了，他对众人说："咱们继续吧，现在信息太少，大家说的都还只是推测，下一个。"

兽人两手伏案，开始了自我介绍："我叫多姆，半兽人，一个能打你们十个。"说完他大吼一声，宛如战场前的怒吼。

书生又发出了不易察觉的哼声，兽人恶狠狠地望向他，他摊开手："我就是个书生，会点儿仙术，名字什么的，不想说。"

说完他又看向下一个人，鱼人被他看得愣了一下，随即开始了发言："呜啦呜啦呜啦呜啦！"

郑皓听他"呜啦"得头疼，赶忙挥手制止了他。

中年白领见轮到了自己，便站起身朝众人鞠了个躬："大家好，我叫齐铮，是个医疗器械销售，我也不知道自己怎么会来到这儿，希望大家能团结起来，共渡难关。"说完话他又点点头，坐回原位。

齐铮出现了。

哈士奇紧接着"汪"了一声。

郑皓听完一圈，手扶额头，觉得眼前的一切全都不可理喻。

"第一轮投票现在开始，请各位选手直接指向自己选择的对象。"电子音毫无征兆地响起，郑皓抬头看表，时间正好。

"反正我不是狼人。"骑士喃喃自语，手指向了女巫。

与此同时，其他所有人都指向了骑士。

电子音又响起："请九号选手投票。"

哈士奇这时才伸出爪子，指向郑皓。郑皓无可奈何地叹了口气。

"现在公布第一轮投票结果，虚伪骑士六票、罪孽女巫一票，谎言侦探一票。"

重要的数字。

郑皓不禁乐出了声，这都什么鬼名字。

然后电子音继续说道："现在进行处刑，处刑对象——虚伪

135

骑士。"

骑士抽出宝剑大吼道："我是村民，你们被骗了，为什么要投我！"他一脚踩上桌子，挥舞宝剑直接朝女巫砍去，就在这时，他胸口的烙印闪出诡异的红光。

剑还没挥下去，他就已经被洞穿了胸口，一头栽倒在大厅中央的圆桌上，那把据说杀了三条龙的宝剑直直坠到地上，插进了地面。

整个大厅霎时安静异常，女巫长出一口气，笑得像个胜利者："我说了，你面露死相。"

郑皓知道自己的推理对于面前这些不按常理出牌的选手毫无作用，出于自保，他选择了明显会被大多数人投票的骑士。

这并不符合他的作风，通过线索掌控一切才是他的风格，可现在他无能为力。

由异世界居民参与的狼人杀游戏，第一轮投票，骑士死亡。

没有人说话，书生第一个离开大厅回到自己的房间，其他人也陆陆续续地走了，没有多余的话。

郑皓看着眼前的尸体发冷，中年白领脱掉外套，撸起袖子，对郑皓说："咱们至少把尸体搬回房间吧。"郑皓点头应允，可两人使了吃奶的劲，也无法搬动那一具全身穿着盔甲的尸体，就在两人一筹莫展之时，只见一人扛起尸体就走，是绿皮兽人。

两人看着兽人不知道说什么，反倒是兽人先开口了，他对两人说："按我们部落的习俗，死人得回家。"

处理好骑士的尸体后，郑皓在这个封闭的空间乱转，这个空间以大厅为中心，九间房间通过走廊连接，同时有一间独立出来的餐厅。

厨房中有各式各样的食物饮料，那瓶绿色的奇怪汁液想必属于鱼人或者兽人，那大桶狗粮必然属于哈士奇。郑皓只想给自己冲杯咖啡，走进厨房时却不小心撞到了女巫正和兽人窃窃私语。

两人见郑皓过来立刻停止了交谈，女巫转身出门，走过郑皓身边时撩了撩头发，香气宜人。

再看兽人，依然一副憨傻的样子，他和郑皓打了个招呼，赶紧走出了厨房。

郑皓本也没想打听什么，所以不太介意，而且他也暂时无法对女巫和兽人做些什么，他们的身份还不确定。

回房间的时候，郑皓路过鱼人的房间。鱼人房间的门开着，郑皓看见他缩在床角，两只长着蹼的手抱着头，显得孤独而又无助。

< 07 >

第一个夜晚寂静而又漫长，十二点过后，郑皓试了试自己的房门能不能打开，答案是否定的。

果然如规则所言，十二点后只有狼人能自由行动。

走廊里响起了狼人徘徊的脚步声，在寂静的深夜异常清晰，郑皓躺回床上盖上被子，他能睡个好觉，因为他知道自己绝对不会死。

第二天清晨到来的时候，大家发现鱼人死在自己的房间里。

"这是一起密室杀人案。"郑皓指着背后插着一把尖刀的鱼人的尸体给绿皮兽人讲解，"门是反锁的，房间无其他出入口，鱼人背后中刀，排除自杀，凶手本应还在这间屋子里，现在却不翼而飞。这就是密室杀人。"

兽人挠挠头，提出了自己的质疑："可是，在规则中狼人可以在夜晚杀人，他们应该有房间的钥匙吧？所以才能不留痕迹地出入鱼人的房间。"

郑皓叹了口气，点点头："你说得对，我只是习惯性地背台词，现在这个环境里根本没逻辑，所以也无所谓什么密室不密室。咱们只知道，是狼人杀了鱼人，他是第一个牺牲者。"

一切看起来如此虚假。

大家都紧皱眉头，每个人都知道自己的能力在这里全都派不上用场，书生也不似昨天那么轻松，毕竟在绝对的规则统治下，仙术毫无作用。

虽然气氛沉重，但郑皓还是继续将自己的推论说了下去："鱼人是被刀子杀死的，说明狼人在杀人时需要自己动手，现在我给大家一个建议，如果有能力，在遇到狼人猎杀时尽力反抗，虽然很可能触发胸口的烙印，死于规则制裁，但即使不反抗也是一死，试一试总没坏处。"

"没人杀得了我。"兽人小声嘀咕，但明显底气弱了很多。

狼人游戏第二天，第二轮投票开始之前，鱼人死于狼人猎杀。剩余参赛者六人。

寡味的早饭过后，大家围坐在大厅的圆桌周围，仅仅一天，已经有了三个死者，每个人的表情都比第一天凝重，因为每个人都知道，死神在一步步迫近。

"为什么是鱼人？"齐铮最先开口，还是惯常的举手发言，像一个在职场郁郁不得志的丧气职员。

书生第一个提出回应："没有为什么，狼人可以在夜间随便杀人。"

齐铮摇摇头："不，不是这样的。在狼人杀游戏中，狼人为了隐瞒自己的身份，一定会优先杀害对自己威胁较大的选手，在咱们这次游戏中，对狼人威胁最大的是预言家。"

"可没人知道谁是预言家。"

"对的，第一次投票时，大家一定不会猜到谁是预言家，那么狼人就会选择思路清晰，善于逻辑推理，对自己威胁较大的选手来猎杀。"说到这儿时，齐铮看了眼郑皓，"而鱼人我们都知道，他连话都不会说，几乎不能表达自己的观点，我实在搞不懂为什么狼人的第一个目标会选择他。他的死亡对狼人毫无益处，而他活下来对狼人也毫无威胁。"

郑皓举手回应道："那我们可不可以这样认为，因为被选为狼人的选手对这个游戏不了解，所以他没考虑到你所说的问题所在，于是随意选择了目标？"

众人安静，齐铮也陷入了思考，郑皓继续说道："如果我们的推论建立在这个基础上，那我想稍微了解这个游戏的人都不会犯优先杀害鱼人这种低级错误，也就是说，两个狼人都是不了解玩法的人。"

说到这里，郑皓观察了一圈周围人的反应，他看见女巫的表情有微妙的变化。

"我和齐铮都玩过这个游戏，不会犯这种愚蠢的错误，狼人应该在其他四人当中。"

兽人摇摇头："你们说这些我根本理不清楚，你就说谁是狼人吧。"

郑皓摇头苦笑，齐铮想说话，却被书生打断了。

书生手肘支在桌子上扶住下颚，说："也许正是熟悉规则的人，绕了这么一个弯子，让大家排除掉对自己的嫌疑呢？"

郑皓又摇头："你这种说法是个逻辑迷宫，和我的说法一样，都是推测，而且无法证明，除非有其他证据出现。"

女巫突然打断了郑皓的话："有的，有证据的，我知道谁是狼人。"

<08>

"我知道谁是狼人，因为我就是预言家。"女巫说道。

郑皓听完这话，下意识地和齐铮对视一眼。

书生愣了半晌，爆发出哈哈大笑："又来占卜那一套？"

女巫站起身，把水晶球举起来，"啪嚓"一声砸到地上，随着清脆的玻璃碎裂声，水晶球四分五裂。

"我的占卜是骗人的，我游戏中预言家的身份是真的。"

"那你第一轮为什么说占卜到了骑士的死亡？"齐铮问道。

"第一轮很危险，大家互相不了解，很有可能胡乱投票导致我自己被处刑，因为我知道我是预言家，所以我必须熬过第一个晚上。我只不过用了一个卑鄙的方法来误导你们。你们和我一样，第一轮一定会因为选择谁而犹豫不决，一是因为完全没有各自身份的线索，二是因为对投票导致他人死亡而带来的心理压力。我对骑士做出的死亡预言实际上排解了大家的心理压力，因为即使真的都投给了死者，你们也会认为，反正根据预言，他一定会死。"

"那你昨天看了谁的身份？"齐铮问道。

女巫闭上眼睛，像是下了很大决心："书生，我看了书生的身份，他是狼人。"

书生听她这么说，脸上的表情突然变了，他背后悬着的青色古剑寒光暴起："你这个骗子，你根本不是预言家，我才是！"

郑皓心中清楚，预言家只有一个，现在需要证明的是谁说的才是真话。

"书生，你昨晚验了谁？"郑皓问他。

书生支支吾吾半天，终于说出了口："我验了鱼人，他是村民。"

兽人满脸疑惑："你验他干吗？"

"就是觉得这个鱼人不太聪明，觉得看看他的身份会很有趣而已。"书生辩解道。

女巫听书生说完，质疑道："你撒谎了，所以只能用一个死人的身份搪塞。"

"不对，"齐铮挥手叫停女巫，"如果你真的是预言家，绝对不会现在跳身份，即使你说的是真的，但如果除书生之外，还剩下一个狼人，你今晚一定会被杀。我不理解你这个行动的逻辑，而书生虽然举出的证据没什么说服力，但至少行为逻辑是可以理解的，他选择了保全自己，只因为你冒充预言家才跳身份。"

郑皓沉吟片刻，也提出了自己的质疑："我同意齐铮的说法，如果你是狼人，那么一切就说得通，你先通过假预言杀掉一个村民安然度过白天，晚上再猎杀一个村民，这样剩下的村民和狼人便是二比二，狼人互相知道身份，投票稳赢不输。"

齐铮点点头，接着说道："你赌的是预言家会为了保全自己不跳出来反对你，因为真预言家跳身份的结果就是当晚一定会被杀。如果他不跳身份，至少可以赌一赌。"

"问题就出在你指定的替死鬼身上，恰巧你指定的替死鬼就是预言家。"郑皓补充道。

"汪汪！"九号选手哈士奇随声附和。

女巫呆坐在椅子上，四处张望，眼神里流露出求助的神情。

郑皓虽然无法判断另一个狼人是谁，可通过女巫的神色，他确定了一点，还有另一个狼人存活。

这样他的剧本就已经完成一半了。

齐铮看看表，说："女巫就是狼人，这次我们会把票投给你，请原谅。"

九点到了，投票开始，电子音响起："第二轮投票结果，罪孽女巫两票，御剑书生三票，撒谎侦探一票。"

"接下来将对书生进行处刑。"

岛田庄司新本格七大守则第六条：安排惨剧一件接一件发生，可是凶手仍然不被查出，在此阶段，也可以包含一些侦探的错误推理。

‹09›

书生毫无悬念地被处死了，那柄青色古剑掉落在地上。大厅里所有人都陷入了沉默，尤其是女巫，她已经做好了被投票处刑的准备，完全没想到自己能逃过一劫。齐铮看着郑皓，眼里流露出不解的神情。

书生和齐铮投票给了女巫，兽人、郑皓和女巫投票给了书生，哈士奇投票给了郑皓。

　　"你为什么要这么做？"齐铮问郑皓，语气中充满了愤怒。

　　郑皓起身打算回房间，他只是说："我认为书生撒谎了而已。"

　　兽人把书生的尸体扛起来，送回房间，没理会两人的争吵，女巫像是劫后余生，在座位上默默哭泣。

　　由异世界居民参与的狼人游戏第二轮投票结束，死亡四人，剩余五人。

　　夜晚到来之前，齐铮来敲郑皓的房门，他说："有空吗，我想进去谈谈。"

　　郑皓打开门让齐铮进来，看了眼时间，十二点马上就到了，今晚的猎杀即将开始。

　　齐铮开门见山："我先和你说说我的推测，这里还有些疑问我要请教你。"

　　郑皓点点头，齐铮继续说："女巫一定是狼人，今天我的推理没有问题，另一个狼人我觉得是兽人，他在游戏最开始声称自己是村民的表演痕迹太重了。而在刚才的投票中，你的推理和我一致，那么也就只有两种情况。第一种情况，兽人真的是村民，你作为狼人放弃了自己的同伴，选择保全自己，隐瞒身份，因为即使你不给女巫投票，也不足够让她活下来，而且这么做会暴露你的身份。这样隐藏狼人身份的你和真的是村民的兽人都会投票给女巫，加上我和书生的票，女巫必定出局；第二种情况，兽人真的是狼人，而你是村民，那只不过是把你们两人的票颠倒一下，女巫也一定会出局，我怎么也想不通为什么你会投给书生。"

　　郑皓不知道该说些什么，或者说他认为跟齐铮说什么都是没有意义的，因为今晚他一定会死。

齐铮见他不说话，继续说道："郑皓，我知道你是谁，只是想不通你为什么这么做。你根本不是活人。"

齐铮的话一出口，郑皓立刻打了个激灵。他看着齐铮漆黑的双眸，那黑色的瞳孔像要吞噬郑皓一般。

猎杀时刻马上就要到了，郑皓叹了口气，变得轻松起来。

"那你说说，我到底是什么？"

齐铮像是下了很大决心，开始了自己的推理。

"其实从开始我就怀疑你了，因为参赛选手的构成。

"九个人，都是来自不同时代的不同物种，只有咱们两个人是现代的普通人类。我清楚自己毫无任何特异之处，所以我开始观察你。自我介绍时你直接说出自己的名字，这让我有了疑心，而你侦探的职业加重了我对你的怀疑，直到鱼人死时，你声称这是密室杀人案，我就基本已经确定了。

"你不是存在于现实中的人类，你只是个小说角色，就是那本最近引领了新本格派推理热潮的书，尚不趣写的《规则侦探》，你是里面的主角——郑皓。"

郑皓的脸色变了，他完全没想到有人竟然能猜到他的身份。

齐铮又说："事实上咱们还算是来自同一个世界，我恰好是尚不趣的书迷，要不我也猜不到。不过我想不通你为什么这么做，这等于是主动放弃了游戏。"

郑皓缓慢地调整呼吸，他犹豫了半天，像是如释重负般耸了耸肩膀。

"你说得对，我是小说中的人物，不是个活人，和你们不一样，不过我没主动放弃游戏，其实到现在这个状况，我已经赢了。"

范·达因守则第十九条：凶手应有属于自己的犯罪动机。

"你既然看过《规则神探》这本书，那你一定知道，我有一个特殊能力，那就是只要处于暴风雪山庄的情境下，我就可以设立绝对不可被打破的规则。"郑皓说道。

齐铮点点头："我知道，有一个案子里，你设立的规则是'热咖啡一定会打翻'，你就是靠这个规则解开了那个案子的谜团。"

"事实上那根本不是我破的案，我每一步行动都是作者安排的，我连自我意识都没有。"

"这个不重要。"

"这个很重要！"一向冷静的郑皓突然狂躁起来，他拍着桌子冲齐铮大喊，不过立刻又恢复了理智。

郑皓继续说："这个很重要，我不想做一个永远任人摆布的演员，我就是我，我是郑皓，不是什么小说的主人公。"

齐铮被吓了一跳，没说话，等着郑皓继续往下说。

"其实这个游戏对我来说并不公平，如果我赢了，我会回到我自己小说的世界里，如果我输了，无论是何种惨烈的死亡，只要那个三流小说家尚不趣再一次写下我的名字，我就会又成为一个天天嚷嚷着密室、不在场证据的小丑侦探。无论输赢我都结束不了这个轮回，我无法成为我。"

无论输赢，听到这句话齐铮突然明白了什么，他意识到，从游戏开始时所有的参赛者就都已经成了郑皓的棋子。

尚不趣是郑皓的"神"吗？

郑皓喝了口水，继续说道："我想你猜到了我的想法，既然只有在这个游戏的空间内我能保持自我，那我只要让游戏继续进行下去就好了。只要游戏不结束，我就会作为一个自主的人，永远活在这里。我投票杀掉预言家，留下狼人，现在剩余的五个人中就有三个村民，两个狼人。这个狼人杀的规则很简单，没有其他角色，没人能阻止狼人夜晚狩猎，今晚你会死，然后接下来的时间里，狼人和村民的数量相等，按照规则，平票不处刑，白天将不会有人死亡。"

"可是，夜晚狼人还是会进行狩猎啊，村民和狼人数量相等其实就等于狼人获胜了。"

郑皓少有地笑了，他这时显得充满自信："你忘了我的特殊能力，我可以给暴风雪山庄设立规则，现在这里就是个完美的暴风雪山庄。"

"你设立了什么规则？"

"推理小说三大法则。"

范·达因二十法则第九条：一部作品里，只能有一个（主要的）侦探。

"我作为侦探，永远不会死。从逻辑上讲，两个狼人永远不会同时选择猎杀我，这样在两个狼人意见不统一的情况下，便会是永远的平安夜。"

"可是他们如果同时选择猎杀哈士奇呢？"

郑皓摇摇头："不可能，如果杀掉哈士奇，就会变成一村民二狼人的情况，那种情况中，我必死无疑，而我作为侦探又不能死，这是个无法自圆其说的悖论，所以他们也不会同时选择哈士奇。"

"说起哈士奇，它为什么每次都投票给你？"

郑皓哈哈一笑，从床下拽出一大桶狗粮："时间太短，我没法训练他投给任意的选手，不过让它把爪子指向我真的挺简单。因为游戏开始时主办方杀鸡儆猴，杀了一个人，导致后来投票人数成为偶数，我不想平票的情况出现，所以只要让哈士奇选我，就可以打破平衡。"

齐铮听完整个人靠在椅背上，思考半天后，问郑皓："我死之后，另外三个人就会被锁在你逻辑的轮回里，永世无法解脱了。"

郑皓点点头："你也可以这么说，但这对他们来说也许是另一种幸福。"

齐铮长叹一声，不知道该说些什么。

十二点马上要到了，每个人都要回房间等待猎杀之夜的到来。郑皓觉得一身轻松，他指着将要出门的齐铮说："今晚你就会死，而我会永远地活下去，记住，别再说我是个小说角色了，在这儿我是个人，我是郑皓，我可以随意选择自己的人生。"

齐铮没再说话，转身出门，临关门时他回头对郑皓说："可是连郑皓这个名字，都是作者起的。"

午夜钟声敲响了，猎杀之夜开始。

在一间咖啡馆里，一个中年男人和一个女孩相对而坐。

中年男人一直在盯着笔记本电脑，女孩儿喝着咖啡玩手机。

过了一会儿，中年男人抬起头，用一种无可奈何的表情看着女孩儿，他说："你这篇《狼人杀》我看完了，到这儿就结束了？"

女孩抿嘴点点头："结束了啊，剩下的让读者想去吧。"

中年男人强忍怒火，说道："尚不趣啊，你作为一个商业作者，不能太任性。这个结局还不够反转，你看，最后咱们再加一层反转怎么样？"

尚不趣点点头："你说，我改。"

中年男人喝了口水，点了根烟："咱们把篇幅拉长一点，在游戏过程中，除了投票推理，还可以加上一些战斗场面。"

"就是 X-MEN 狼人杀呗？我可以让齐铮像金刚狼似的有不死身，让剑仙眼里射激光，让骑士脑波控磁力，让哈士奇再多卖点萌，还可以凑一对郑皓和兽人的 CP。"

中年男人略微沉吟："与其说是 X-MEN，不如说是死亡笔记那种，腹黑一点儿，不要那种'Boom'的爆炸，我正给你联系制片方呢，那种情节预算核不过来，到时候又得大改。"

"没问题，我现在就改。"尚不趣把笔记本电脑搬过来，准备开始改稿。

她盯着电脑屏幕半天，字没打下去一个。

"郑皓啊郑皓，你永远也逃不出这个轮回。"尚不趣喃喃自语，竟有点儿悲伤。

完

CURSE

诅咒

我的右眼能看见别人的记忆，我用它看到了一段杀人影像。

0

　　我最后一次见刘重阳，是前年的大年初二。从远方回来的大方亲戚一贯很受孩子欢迎，我像个吹笛人，身后跟着一串脚步欢快的小崽子，走在天刚擦黑的街上。

　　就在这时，我看见了刘重阳。他缩着肩膀靠在卖奶车上，打着霜的眉眼低垂着，既不吆喝也不看路人，厚重的大衣将他包裹起来，像是冬眠的熊。

　　那辆车我认识，从前他的爸爸就是推着这辆车在大街小巷穿梭，而他不止一次地告诉过我，他最讨厌牛奶的味道。

他到最后也没发现我，我就站在街对面，有个小崽子拿一根魔术弹递给我。他说："二叔，二叔，我要放这个。"

我一手接过魔术弹，一手掏出打火机点火，然后把烟火指向天空。

烟火炸开的时候，我瞄见刘重阳终于抬起了头，他嘴巴半张，也看着天上，眼睛被烟火映得通亮。

上一次我看见他眼睛发光的时候还是小学五年级，那时我俩是对方唯一的朋友，冯老师管我们叫"天聋地哑"，有时候也说"臭鱼找烂虾"。

我认为这么叫不合适，因为刘重阳虽然臭，但我不烂，我只是结巴，应该叫"臭鱼聋哑"之类，但我不敢跟冯老师说。

就那时候，我和刘重阳翻过学校新校区的铁丝网，踢开禁止通行的立牌，踩过大片的沙堆，最终爬上了还没竣工的新教学楼楼顶。

刘重阳长得瘦小，天台上的风把他不合身的旧衣服吹得鼓起来，像一面飘扬的旗帜。

他说他不会再让人欺负了，他是学校老大，我就是老二。

魔术弹很快放光了，小崽子们拽着我要去商店再买一捆，我站在原地，摘下右眼戴着的眼罩，里面的玻璃眼珠被冷风一吹，刺激得眼眶发凉。

这颗眼珠在刘重阳放下豪言的那个夏天离我而去，成了我看见他记忆的代价。

1

第几个郑皓了？

我叫郑皓，我的右眼能看见别人的记忆，这种能力与生俱来。

当我闭上左眼时，右眼便能看见浮现在别人头顶的记忆片段。这些片段像电影画面一样闪现，只不过没有声音。

我无法控制自己去主动观察某一段记忆，它们随机地、不受任何控制地浮现在其他人头顶。

在很长一段时间里，我并不理解这种能力到底是什么，我和爸爸妈妈讲过，我说："你看，你看爷爷在你们身后呢。"

父母吓得不轻，找了个先生给我看，先生说我天生清明，能见旁人不能见之物，不过不用担心，这种从娘胎里带出来的阴阳眼不会长久，长大以后随着阳气渐旺，便可消失不见。

我父母给先生留了二百块钱，带我出去时告诉我无论看见什么，千万别和其他人说。

那先生看错了，我不是阴阳眼；但他也看对了，这只眼睛没陪我多久。

虽然我还小，但我知道自己看见的不是什么鬼魂，那些都是某个记忆的片段，这些片段真实发生过，里面的人也真实存在。

刚进小学的时候，我沉迷于观看每个同学的记忆，他们在和我讲话时，我就会遮住左眼。许多时候，我沉迷在他们的记忆里，甚至听不见他们对我说了些什么。这导致我的反应总是慢半拍，连讲话都受到了影响。

其实我本来并不结巴，就是因为注意力总不集中，讲话才越来越慢，越来越艰难。

三年级的时候，为了掩饰自己的结巴，我开始控制自己开口说话,成效不错,没人再嘲笑我是个结巴,而是改为嘲笑我是哑巴。

就是那时候,刘重阳分到了我们班。

刘重阳其实长得还可以,前提是把脏衣服换掉,把脸洗干净。可他好像从来没有一天是干净的。

即使过了二十几年,我依然能记得他蹭得发亮的袖口和脏兮兮的球鞋,包括其他人整天念叨的臭味。

小孩子攻击别人的时候很会抓重点,瘦瘦小小的刘重阳第一脚迈进班级时就有同学捂住鼻子了。

班主任让他在黑板上写下名字,他看着下面捂着鼻子窃笑的新同学们,赌气似的踮着脚在黑板上写下了大大的"刘重阳"三个字。

那名字写得很大,比还是小孩子的他本人还要大。

他每写一笔,就会有人在底下猜他的全名。当他写完的时候,不等老师让他自我介绍,就有同学念了出来。

刘重阳,刘重阳,刘臭阳,刘臭阳!

不知道谁第一个喊出"刘臭阳"这三个字,可对于孩子来说,也许没什么比这种精准刺伤对方的谐音更有趣了,所有的同学都在一边喊着这个新名字,一边哈哈大笑。

刘重阳在讲台上憋红了脸,一遍遍地大声强调"重阳重阳",而他的声音根本压不过三四十个孩子的齐声喊叫。

不知是幸运还是不幸,这三个字只陪伴了他不到两年的时间,两年之后,那件事就发生了,再没人敢叫他"刘臭阳"。

那时候我正因为结巴被同学排挤,或许是同病相怜,又或许是我害怕犯结巴的老毛病,我并没有跟着别人一起喊。

我坐在班级无人问津的角落里,用手遮上了左眼。

刘重阳的头顶浮现出一个画面，画面里是一个牛棚，刘重阳打开门，牛棚里有一头奶牛和一个蜷缩在稻草上睡觉的男人。

我看见那个男人惊醒了，他艰难地站起身给了刘重阳一脚，然后嘴唇快速地一开一合，像是在讲话。

我看见的记忆没有声音，但我就是知道，这个男人在骂人。

那男人是刘重阳的父亲，从前是个兽医，现在是个疯子。他的一只手缺了三根手指，说是早年给动物园里的猛兽治病时被咬掉的。上次镇上搞扶贫，他没日没夜地去闹，镇上领导反复跟他说，授人以鱼不如授人以渔，扶贫不是发钞票，一分钱都批不下来。他知道要不来钱，就琢磨着要上十几笼鸡，嚷嚷着要搞养殖，可镇上连一只鸡也没有。幸运的是有个养牛的孤寡老头恰巧归西，留下的东西被亲朋好友分了个遍，就剩一头奶牛，领导怕他再闹，便将这头奶牛牵给了他。

那是一头黑白花的奶牛，学名叫荷斯坦牛，专职产奶，高峰期一天能产奶五十斤以上。可所有人都知道，奶牛产下来的奶不可以直接喝，需要消毒。刘重阳的父亲不可能有消毒设备，也根本买不起。

镇上给他联系了个加工厂，可他只有一头牛，产量很低，厂子也不需要，最后还是怕他闹，便答应他只要能每天送奶过来，厂里都收。

刘重阳的父亲送奶送了三天，就再没上过厂子，他嫌钱给得少，还要赶厂子收奶的时间。

他不知道从哪里搞了个小推车，小推车上捆着一个大桶，桶里全是当天的新鲜牛奶。

没有经营许可也没有防疫证明，他就自己在家弄了一个大锅，每天把新产的奶烧开，倒进桶里，然后穿着曾经当兽医时的白大褂走街串巷地卖奶。

这种消毒方式很有问题，开始的时候也有人质疑，不过他总是指着对方鼻子叫骂："我是兽医还是你是兽医？"

我去过他家，满屋子都是鲜奶那种腥膻味道，我分辨了一下，刘重阳身上的味道和这股腥膻味还有所不同。

没过几天，刘重阳父亲的职业就人尽皆知了，他的名字也由此进行了新一轮的进化。

牛臭阳。

他父亲自始至终都不知道因为自己的职业，儿子在学校受到了多少侮辱，自然也不知道为什么刘重阳如此讨厌那头唯一能给家里赚钱的奶牛。因为这件事情，刘重阳没少挨揍，很长一段时间里，刘重阳都在纠结自己和奶牛哪个在家里的地位更高一点。

其实如果精确到家里，那肯定是刘重阳的地位更高，因为他家里常年只有他一个人。

刘重阳的父亲和奶牛一起住在牛棚里，吃喝拉撒都守着奶牛，连自己家都不踏进一步。

卖牛奶的疯子，这就是镇上邻居对他父亲的评价。

我经常去刘重阳家玩，我们俩可以霸占家里的所有空间，这给了我一种自由的错觉，没有别的同学、没有大人，也没有各种各样奇怪的属于其他人的记忆。

不过这个秘密基地并没有存在多久，因为我爸不再允许我在外面待到天黑——镇上发生了一起命案，死者是收破烂的老头。我们这帮孩子总能在早上上学时看见他，他会跟我们打招呼，跟我们说"小孩儿上学去啊"，我们则永远不会回话，只是远远地绕开。

我爸说他被人用锋利的刀子割了喉，收尸时发现他的口袋里空空如也，凶手应该是把所有钱都掏走了，可是没发现他内衣上缝的袋子里还有五十七块二。

于是我只能依依不舍地和秘密基地告别。最后一次从刘重阳家离开时，我遇见了从牛棚里出来的他父亲，我想起自己还没看过他父亲的记忆，便遮起左眼看他，他父亲扬手让我滚，嘴里还一直嘟囔着脏话，我倒退着往院子外走，第一次看见他记忆里的景象。

他父亲的记忆是一幅手术的画面，画面中他穿着白大褂，手里拿着手术刀迟迟不敢下手。

这幅画面让我十分恐惧，我撒丫子跑过回家的岔路，大口喘着气却一步没停。

回到家我才整理起自己的思绪，他父亲是个兽医，但手术台上白色床单下盖着的好像是个人。

3

刘重阳真正成为学校的老大就在那之后不久，起因是一次诡异的诅咒。

我开始并没有意识到一切是刘重阳有意筹划的，即使他已经在天台上和我放下了豪言壮语。那时候我们俩是班级食物链的最底层，言语上的攻击其实已经是对我们伤害最小的了。

身体上偶尔的小磕小碰，弄坏我们的文具，打翻我们的饭盒，包括抢走我们本就为数不多的零用钱，还有冯老师带头给我们起的"臭鱼烂虾"组合，都是我们的日常生活。

现在回想起来，其实我能和刘重阳玩到一块儿去，冯老师功不可没。

刘重阳在被欺负时很刚，他总是要骂回去，打回去，大多数时候都会演变成他被对方和对方的小伙伴围殴，极少数时候他的对手没有帮手，这时候就是刘重阳的表演时间了。他虽然瘦小，但下手却够黑，在别的孩子还停留在用巴掌打、用脚踹的时候，刘重阳已经习得了街斗的精髓，身边任何一件物品都能成为他的武器。

这种情况一般会以告老师找家长结束，刘重阳的爸爸会带着一身奶腥味来到学校，虽然在镇政府，刘重阳的爸爸可以带着铺盖一闹好几天，可是每当因为这种事情被叫来学校时，他却大气也不敢出。

他总是谦卑地给对方学生和家长赔礼道歉，然后当着所有人的面扇刘重阳的嘴巴，有时甚至挨打孩子的家长都看不过去让他住手，而这时他便堆起笑脸，只想着不赔一分钱。

我作为刘重阳唯一的朋友，一次也没有在他受欺负时出过手，这一点和他正好相反。

只要有人欺负我，他就会立刻暴跳如雷。有一次中午吃饭时，我不小心把菜汤洒在了别人的书本上，书本的主人是个女孩儿，徐晓曼出现了多少次？

叫徐晓曼，她当时就哭着跑出了教室。一节课之后，有人把一封战书扔在了我的桌子上，徐晓曼上初中的哥哥晚上要在校门外堵我。

我被吓得不轻，刘重阳却充满了斗志，他卸掉了自己凳子的一根凳脚，悄悄地塞进书包里，然后拍了拍我的肩膀。

那只手上带着刘重阳特有的异味，现在我闻闻左肩，那种味道依然挥之不去。

倒数第二节课下课，我没和刘重阳打招呼，自己悄悄地溜出了教室。我没敢走大门，从教学楼的后围墙翻了出去。

第二天我佯装肚子疼不去上学，被爸爸从被窝里拽了出来，他把我扔上自行车后座一路骑到了学校。

我硬着头皮踩着上课铃声进了班级，却发现刘重阳和徐晓曼都没来上课。第一节课下课时，冯老师把我叫进了办公室，他拿书本抽我的脸，说因为我破坏了优秀班集体的荣誉。

冯老师边抽边骂："都是因为你，都是因为你。"

昨天晚上，刘重阳自己揣着凳脚替我接了那封战书，徐晓曼的哥哥带来了三个初中生，刘重阳被打得毫无还手之力，被轻易放倒的刘重阳胡乱地挥舞着手里的凳脚，一根支出来的钉子扎进了某个初中生的小腿，血流如注。

几个孩子斗殴最终惊动了警察，据说警察来的时候，刘重阳还紧紧攥着那根凳脚，手都攥出了血也没放开。

后来这个受伤孩子的家长踹破了刘重阳的家门，也没能从他父亲手里要出一分钱医药费，最后只能强行牵走那头奶牛了事。

荷斯坦牛，专职产奶，高峰期一天能产奶五十斤以上，刘重阳的父亲只有在这头牛边上才睡得香甜。

大约一周之后，刘重阳才又回到学校上课，他脸上被殴打的肿胀还没消退，一条腿也一瘸一拐。也许是样子太过惨烈，他走进班级时并没有响起熟悉的"牛臭阳"的喊声，刘重阳眼中似乎也看不见别的东西。

他径直朝前走，看都没看我一眼，径直走到徐晓曼的座位旁。

他对她说："七天之内你哥必死。"

徐晓曼被他凶神恶煞的样子吓得忘记了哭泣，她甚至无法做出任何反应，刘重阳也一句话没多说，他回身拍了拍我的肩膀，许是表示对我临阵脱逃的理解与原谅。

三天之后，徐晓曼哥哥的尸体在铁轨两侧被人发现，他被火车截成了两段。

4

镇上有一条横穿而过的铁路，就在我家前面不远，这条铁路不是客运线，上面跑的是运煤的货车。

我二十岁离开镇上上大学，这二十年里，我一直也没弄明白这条铁路线上火车来回的时刻。有时候我放学回家就会赶上货车通行，会有一个老头从岗亭里走出来手动把栏杆放下，伴随着"叮叮叮"的钟声，所有人都停在栏杆一侧，火车"哐当哐当"地驶过，撒下些许煤渣。

我爸跟我说徐晓曼哥哥的尸体是事发第二天早上被人发现的，尸体被拦腰截断，火车司机根本没有发现。

这件事情发生之后，刘重阳突然从垃圾桶变成了马蜂窝，没一个人敢捅。关于事情真相的各种推测传遍了学校，大家把目标都对准了刘重阳和他的父亲。

警察也来过学校几回，大概是徐晓曼如实向警察汇报了刘重阳恶毒的诅咒，可几次调查的结果都表明刘重阳和他父亲完全没有杀人嫌疑。

徐晓曼并不认可这个结果，她固执地认为自己哥哥的死和刘重阳有着千丝万缕的联系，她本来就是班上的红人，从前多少次对我们"臭鱼烂虾"的嘲讽都是她带的头，现在也只能偃旗息鼓。

不过她的帮手却越来越少，现在没人敢招惹刘重阳，也没人再敢编派他的体臭，他和他的父亲已经在这群孩子的心里坐实了杀人凶手的位置，而且自从那件事之后，刘重阳的语言具有了魔力。

他说的话都会成为现实，仅限坏事。

最开始是冯老师，作为一个大人，他并没有像孩子一样，因为刘重阳身上的杀人嫌疑而改变态度，反而厌恶之情表达得更加明显。他每天都骑着一辆老式的自行车上下班，一次放学的路上，他骑着那辆自行车从我和刘重阳身边经过，我们双方都一言不发，他没像对其他孩子一样，询问我们放学后为什么不立刻回家，我们也没对他说老师好。

冯老师骑着车子离我们越来越远，在消失于街角之前，他啐了一口唾沫。

刘重阳认为那是对我们两个人无声的辱骂，他朝前追了几步，冲着冯老师的背影大喊："你以后骑车小心一点儿。"

没过几天，冯老师因为车闸失灵在一个大下坡摔了，脚腕儿骨折。等他再来上课的时候，看都不敢看刘重阳一眼。

这事儿我觉得只是一个意外，但一传十十传百，传言最终改变了事实。

学校里所有人都知道，我们班上有一个散发着恶臭的男孩，能将诅咒变为现实。

这里的"现实"是真的"现实"吗？

刘重阳自己也发现了这种变化，他开始有样学样地模仿之前所有欺负过他的孩子，拿别人的橡皮，抢同桌的午餐，掀女生的裙子，没人敢忤逆他，连冯老师都装作看不见。

再然后事情便开始向无法控制的方向发展，孩子们为了不被诅咒纷纷向刘重阳进贡各种礼物，极尽谄媚之事，他瞬间从人见人嫌的"牛臭阳"变成了班级的老大。

现在看来，这些礼物大多是毫无价值的东西，笔记本、橡皮、零食或者是一个足球。

从前无论在学校还是放学时，我和刘重阳都是对方唯一的朋友，现在他身边的跟班越聚越多，我的位置消失了。

唯一让我欣慰的是，刘重阳再没邀请过任何一个孩子去他家。

刘重阳的父亲在奶牛被牵走之后就很少出门了，他一直孤零零地窝在牛棚的草垛上，吃喝拉撒都不出来，爷俩的生活全靠政府的救济金维持。

生活日益窘迫，刘重阳却很快度过了占跟班小便宜的阶段，他对进贡的礼物不再有兴趣，反而开始给一众跟班发放零食和玩具。

家里唯一的经济来源被切断之后，刘重阳却变得有钱了，衣服鞋子都换了新的，在小卖部也出手阔绰。我听到一种传闻，说他的钱是做职业杀手赚来的。

二百块钱就可以让他咒死一个人。

我遮住了左眼，偷偷观看了刘重阳的记忆，此时他头顶浮现出的不再是牛棚里的父亲，而是变成了另一幅景象。

那天我确信了他做杀手只是个谣言，我问了他一个问题，他当着全班所有人的面给了我一拳。

这一拳也宣告了"臭鱼烂虾"组合的正式解散。

5

在我的记忆里，那年夏天异常闷热，我本身特别容易出汗，所以总是随身带着一块手帕，那块手帕是我从家里偷出来的，我爸认为这种东西就不应该出现在一个男孩子的口袋里。

镇上唯一一个公园里有个人工湖，傍晚很多人会去人工湖边乘凉。因为我爸的叮嘱和刘重阳对我态度的转变，我很少在天黑之后出门游荡，只有那一天，我为了收集方便面里的刮刮卡，从人工湖旁路过。

我到现在依然记得那天夕阳的余晖，平常坐满了老人的凉亭里空无一人，大妈扎堆跳舞的广场上也空无一人，平时孩子聚集的沙坑里还是空无一人。

但我能听见无数人细细碎碎的低语，我顺着声音往前走，逐渐偏离了回家的路。

最终在湖边游船停靠的码头处，我找到了消失的人群，这些人里外成圈聚在一起，壮年的大人在中心，然后是一些探头往里瞅的老人，最外圈是像我一般大的孩子，他们在整个圆圈外左右瞎窜，像是一个个因为引力排斥挤不进圆心的卫星。

晚风吹着湖面，像是缎子起了皱，现在是炎热的一天里最舒服的时候，不冷不热，微风正好。

我又出汗了，便拿出手帕擦汗，这条手帕我每天都要洗，因为汗渍会很快让它变黄。有时候我会想要一块黑色的手帕，那时我没用过黑色的手帕，所以不知道黑色并不能掩盖一切，在被汗渍浸透之后一样会变成明显的红锈色。

我也和其他人一样被吸引到了湖边，里三层外三层的人墙挡住了我的脚步，我踮脚也看不见里面发生了什么，好不容易有个空子我尝试钻进去，却被旁边的大人一把拽了出来。

他脸色凶恶地跟我说："小孩儿一边玩去。"

我被赶出了圈，只能站在圈外。这时我看见了徐晓曼，她站在沙坑里那个钢铁攀爬架的最上面，比我离圆心还要远。

我看着她，她也看见了我，我移开视线，转向人群，用手遮住了左眼。

这时圈内所有大人的记忆都是同一幅画面，我张大了嘴，突然感觉到难以名状的恐惧。我逃离了人群，逃离了人工湖，一路往家里狂奔，从沙坑旁跑过的时候，徐晓曼疑惑地看着我，然后三两下便跳下来，在后面追着我跑。

我不知道自己跑了多远，身后终于没了她的影子，我沿着大路一路跑回家，慌张地打开铁门上挂着的门闩，冲进了屋里。

我将黑夜和徐晓曼都甩在了身后。

我爸正坐在沙发上看电视，见我一身大汗，喘着粗气，皱着眉头问我怎么了。

我忘了父亲的叮嘱，下意识地拿出手帕擦汗，然后指着门外人工湖的方向。我爸知道我结巴，似乎不期待我能完完整整地把遇到的事情讲清楚，他站起身走过来，从我手里抢走手帕扔进了垃圾桶，然后坐回去继续看电视。

我渐渐平复了情绪，没再看一眼垃圾桶里的手帕，转身回了自己的房间。

那时人工湖边所有大人头顶浮现的记忆都是相同的，他们看见了湖里捞上来一具男尸，青紫色的尸体因为被湖水浸泡变得肿胀，脖颈上被锋利的刀刃划开的口子格外显眼。

6

徐晓曼既喜欢在同学面前扮乖，又在铲除异己方面毫不手软。

徐晓曼家里还有三个哥哥，作为家中最小的女孩儿，徐晓曼从小就站在宠爱的中心。她大哥快三十岁，继承家业开沙厂，沙厂这个东西在那时候是暴利，前提是在黑道白道都能说上话；她二哥我没见过几次，在外地上大学，她逢人便吹嘘自己的二哥学习有多好，后来我和她关系近了，才知道她二哥上的只是一个普通的中专；她三哥就是被火车腰斩的那位，是个初中生，比我们大不了几岁，算是本地的一个小混混。徐晓曼有事儿大部分都是三哥出面，因为年龄相当，她和三哥也是感情最好的。

随着她三哥的突然死亡和她常年的羞辱对象刘重阳的上位，徐晓曼在班级的地位一落千丈。

她不像以前一样装着文静，而是真的文静起来，在学校的时候，她不得不小心翼翼，以免触动刘重阳敏感的神经，现在不光是她，任何一个同学只要不经意间捂上鼻子，都会被视为对刘重阳的挑衅。

这时刘重阳已经不需要自己出手，身边的跟班就会帮他教训那些敌对分子，虽然这些跟班也依然受刘重阳身上浓重的异味所苦。

是的，即使换上了新衣服新鞋，每天用水把头发梳的油光锃亮，刘重阳身上依然散发着令人作呕的异味。

因为刘重阳打我那一拳，班级里其他同学默认了我的地位，我并没有因为曾经是刘重阳的好友而翻身，反而是一个人继续守在谷底。

在这一点上，我和徐晓曼同病相怜。我俩被动地成了新的底层二人组。

我俩第一次对话发生在一个傍晚，我从澡堂出来，身上的汗还没干，晚风吹过，能感觉汗毛都立了起来。

徐晓曼一个人在那条她三哥出事的铁轨上像走钢索一样小心地行走，她穿着裙子，双臂张开，小心翼翼地走着每一步，就像铁轨两旁是真正的悬崖。

我从她身边走过，低着头，没打招呼也完全没想过打招呼。我感觉她的视线追着我，可当我回头时她已经在铁轨上走出好远。

因为我俩在学校里根本没说过话，所以我从来也没看过这个女孩儿的记忆，那天我突然好奇起来，便站在原地遮住左眼，还没等我集中精神，徐晓曼就从铁轨上蹦下来走到我面前。

她问我："我老早就发现你喜欢用一只眼睛看人了，你这是在干吗？"

无数人问过我这个问题，我的选择是不回答，面对她也一样，我下意识地放下左手，移开视线，夹紧了腋下的澡筐，想要赶紧逃离这里。

徐晓曼见我要走，一把扯住我的胳膊，她凑得很近，也学我的样子用手遮住左眼看过来。

她说："没什么区别啊？"

我说："本……本来……本来就没什么区别。"

她说："原来你不是哑巴？"

我皱起眉头，甩开她，转身往回走。

那之后无论是在学校还是在街上，只要我们相遇，她就会学着我的样子用手遮住左眼，我开始很烦，后来也会遮起左眼回应她，这成了我们两个没有朋友的孩子之间唯一的默契。

7

徐晓曼的一再忍让只不过让刘重阳对她的报复推迟了一段时间。事实上刘重阳从来没有忘记过自己被围殴的那个傍晚，只不过突如其来的权力和财富让他无暇分心，在他的势力稳固之后，对徐晓曼的清算立刻被提上了日程。

一切当然还是从孤立开始的，之前作为班级里大姐大的徐晓曼现在没有一个朋友，任何人和徐晓曼的任何一点交流都会成为刘重阳进行诅咒的理由。

再然后是对徐晓曼物品的破坏，划烂课桌，扔掉椅子，烧掉书本，我不止一次地看见徐晓曼早上上学时因为没有椅子而低声抽泣，但徐晓曼总是能迅速地调整回原来的状态，她竭尽全力保持着自己作为曾经的大姐大的最后一丝尊严。

她会在学校的垃圾堆、门卫室，甚至是男厕所里找到自己的椅子，而很多次她都无法在第一节上课铃响时搬着椅子回到教室，冯老师因为迟到教训她，却从来也没问过她为什么每天椅子都会失踪，徐晓曼也不做任何解释，她将椅子重重地磕在地上，来表达自己的愤怒。

不发出声音的玩具不能让刘重阳满意，没过多久，刘重阳就想到了新的点子，他趁周五放学之前自行组织了一次班会，大步走上讲台的他和刚刚转学来时一样瘦小，可底下已经再没有从前那些叽叽喳喳的窃笑之声。

刘重阳制定了新的规则，他声称为了维持班级秩序，每周要选出一个最不受欢迎的同学，其他所有人都可以将自己的不满与恶意发泄到这个人身上，如果这人要反抗，或者是有人不执行，那他便会施以诅咒。

他让每个同学准备一张小纸条，不记名投票。他卖弄着从电视上学来的词语，然后让跟班把纸条一张一张地收上来。

检票和唱票都是刘重阳自己，他十分享受下面所有同学全神贯注盯着他的目光。我们班级一共四十二人，二十二个女生，二十个男生。刘重阳唱票的时候停顿了几次，不过并没有改变最后的结果，四十一票，全票通过的第一个不受欢迎的同学是徐晓曼。

刘重阳机智地在票数中减去了自己的一票，却忘记了徐晓曼也是参与投票的一员，没人相信徐晓曼会自己投给自己，而我也没写徐晓曼的名字。

不过这些都不影响结果，刘重阳偏执地认为自己的权威需要全票通过来展示出来，我没提出疑义，连徐晓曼本人都没提。我

尚不趣的文章都非常写实，暗号应该也来于她的生活。

们都默认了现在这个情况，开口说话并不能改变什么。

那天投票结束之后刘重阳十分开心，他开始吹嘘自己诅咒的能力，不知道哪个孩子应景地问起了人工湖边那具被捞上来的男尸，刘重阳沉吟片刻，露出一副"不能说不能说"的表情。

所有孩子都默认了那男人因为某种原因死于刘重阳的咒杀，只有我知道事情不是那样。

放学后徐晓曼一直留到了最后，我看见她用家里带来的自行车链条锁试图把桌椅锁在一起。我就站在门口看着她徒劳的努力，直到其他孩子都走光了，我才回到教室。

我说："其……其实，你给……给它……给它锁在暖气管子上……不……不就好了。"

她眼睛一亮，觉得我的主意不错，把桌椅的一条腿都用自行车锁锁在了暖气管子上。

我离开教室前徐晓曼喊住了我，她没说话，只是用一只手遮住了左眼，我也做了一样的动作，但没去观察她的记忆。

8

短短的几个星期，镇上已经有三人死于非命。每天我都能看见排查各种可疑人员的民警，可案子一直没有进展。

镇上的气氛明显有了变化，孩子不被允许在外面玩太晚，大人们也放弃了外出纳凉的活动。

我爸依然每天看新闻联播，刘重阳的父亲还住在牛棚，刘重阳也每天过着以前我想象不到的风光日子，我在天黑之前肯定会回家，只有偶尔放学去澡堂，才能看见天边的落日。

几乎每一次傍晚我路过家门口那条铁路时都会看见徐晓曼，我们偶尔会说两句话，大多时候只是互相遮住眼睛打个招呼，我径直回家，她继续走铁轨。

她好像已经习惯了在学校被刘重阳和他的跟班欺负，只是在提到她三哥时还是会有怨恨和不甘。

我们都还是小孩子，即使是死者最亲近的家属，也不会有警察来告诉我们案件的细节和进展。徐晓曼跟我提过好多次她的幻想：警察抓住了杀她三哥的凶手，她去法场看凶手被执行枪毙。

这就是她和刘重阳最大的不同，在现实中，她的优越感仰仗于家庭和几个哥哥，即使在幻想里，替她完成任务的也是警察；而刘重阳，我相信无论是幻想还是现实，他有什么目的都会自己动手去达成。

那个夏天徐晓曼在我面前哭过几次，我无法判断她哭泣的原因是三哥的死还是在学校受到的欺凌，或者两者兼而有之。不过她是第一个在我面前哭的女孩儿，有好几次我甚至有一些心软，想把看到的某一段记忆讲给她听。

不过最终我还是闭上了嘴。

徐晓曼的忍耐力并不如我，在那个学期的期末，暑假马上来临之时，她和刘重阳发生了最大的一次冲突，我当时被指派去给水桶换水，没看到教室里的情景，所以并不知道刘重阳究竟做了什么彻底激怒了徐晓曼。

等我颤巍巍地提着半人高的水桶回到班级时，徐晓曼已经把自己手里的剪刀头扎进了刘重阳的手背。

刘重阳冲徐晓曼大喊："你三哥咋死的你是忘了吧！"

徐晓曼毕竟是个女孩儿，剪刀刺穿手背，鲜血流出来的那一刻她就已经慌了，更别说用什么话语来回应刘重阳的诅咒，她分开人群，一把推开还堵在门口不明所以的我，冲出了教室，我手里的水桶被打翻在地，水洒了我一身。

刘重阳自己拔下了扎在手背上的剪刀，一直到老师闻讯而来给他包扎，他一直在嘴里嘟嘟囔囔，我听得很清楚，他说要徐晓曼死。

之后徐晓曼就没来上课了，刘重阳炫耀着手上的伤口，越来越像一个学校的老大，我想我能在诅咒生效前找到徐晓曼，她应该还在那条铁轨旁，太阳落山时就展开双臂像走钢索一样地走铁轨。

果不其然，她还在那里，只不过还有一个男人站在她身边微微低着头和她说话，那个男人穿着白大褂，天色将晚，我看不清他的脸。

我感到事情不妙，三步并作两步地跑过去，男人见我过来转身走开，我看着那个男人的背影遮起了左眼，他头顶浮现出刘重阳的样子，刘重阳在和他说话，我听不见记忆里的声音。

徐晓曼见我来找她有些诧异，我没管那么多直接拽着她离开了那里。

她问我："怎么了？"

我说："离……离……离刘重阳他爹……远……远点儿。"

她说："他爹怎么了？我都没见过他爹。"

我歪头冲着刘重阳父亲离开的方向，说："你别……别……别问了。"

她甩开我的手，问："你是不是知道什么事儿？"

我摇摇头，手心里还留着她手腕的温度。

她推了我一把，说："你告诉我，今天你要是不告诉我，就别想回家。"

我犹豫半晌和她说："我怕……怕你出事儿，你……你……你三哥钱……包，是不是个黑的？"

她说："我三哥钱包怎么了？"

我说："就……就在他……爹那儿呢。"

9

我从一开始就知道刘重阳诅咒灵验的真相，一切都是他父亲做的，无论是徐晓曼三哥的死，还是冯老师坏掉的车闸，包括后来各种各样的小事情，他打我那天我就知道了。

那天我看了刘重阳的记忆，记忆里他正躺在自己家的床上盯着天花板，我看见他父亲穿着白大褂开门进屋，然后把一样东西扔在床上，那是一个带血的黑色钱包。刘重阳打开钱包，里面有一沓钞票，还夹着一张身份证，身份证上的照片就是徐晓曼的三哥。

我就问了刘重阳一句话："那钱……钱包，怎么在你手里？"

刘重阳当时看我的眼神就起了变化，他盯了我一会儿，全班都安静下来，那时大家正在讨论他到底是不是职业杀手的问题。

然后刘重阳给了我一拳，我没还手，也没再说话。

是刘重阳的父亲一直在完成他的诅咒，我知道，可我没说。这次刘重阳终于给徐晓曼下了死咒，果然他父亲就找到了徐晓曼。

我并没有给徐晓曼讲清楚事件的原委，徐晓曼见我结结巴巴地不愿意说，也没再追问，我们沉默地各自回了家。

第二天醒来我发了一场高烧，但还是坚持去了学校，徐晓曼依然没来。

傍晚时分我又来到了铁路口，一直等到天黑透了，徐晓曼也没有出现，我忐忑地往家走，一辆警车拉着警笛从我身边飞驰而过。

10

那场高烧困扰了我三天，等到我又重新上学的时候，一切都不一样了。

徐晓曼已经回来上课了，她还坐在原来的位置上，看到我走进教室，她像一只得胜的公鸡一样趾高气扬。

刘重阳却不见了，我环视班级，发现连他的桌子都被撤了。

那天我和徐晓曼说完他三哥钱包的事之后，徐晓曼立刻去找她大哥报了警，警察连夜冲进了刘重阳的家，在牛棚里按住了他还在熟睡的父亲，然后在刘重阳的枕头底下找到了那个沾血的黑色钱包。

不只是钱包，那个拾荒老人，还有那具被湖水泡得肿胀的男尸，他们的遗物都在刘重阳的家中找到了。

三起命案，来来回回审了八天。这八天里，小学五年级，刚刚十三岁的刘重阳表现出了让人惊讶的攻击性，他几乎厮打过每一个来问询的警察，甚至咬伤了其中一个女警的手指，而他的父亲，则完美地诠释了什么叫语无伦次。

这八天里每个孩子都在议论事态将会如何发展，徐晓曼则是前所未有的轻松，直到审讯结束，刘重阳回到班级的那一刻。

虽然有证物在刘重阳家被找到，可警方最后还是推翻了父子二人的嫌疑，无论是徐晓曼的三哥、拾荒老人，还是那具男尸，他们的死亡都不可能是父子二人所为。最后警方只能没收了所有证物，放他们回家。

刘重阳的父亲回家后疯病发作，他把自己锁在牛棚里，点了一把火，这把火烧死了他自己，也烧光了他家院子里所有的东西，所幸的是火势并没有蔓延到他家的主屋。

刘重阳一夜之间成了孤儿，但他还是按原计划返了校，当他踏进班级大门的那一刻，班里所有的同学都安静了下来，冯老师倒是没什么反应，他之前就已经得到了学校的通知，学生还是那些学生，只不过多了一项工作。

因为刘重阳表现出不符合年龄的狂躁和暴戾，警方要求学校每天上课时对他进行检查，以保证他不会在学校做出任何伤害他人的举动。冯老师揉了揉鼻子，极不情愿地走过去，上上下下拍打了一圈，确认刘重阳身上没有任何凶器之后，他示意刘重阳回到座位上。

事情就是这时发生的，刘重阳没有走回自己的座位，他径直往前走，一直走到徐晓曼的座位前面。

我那时突然心慌，感觉什么不好的事情即将发生，之前看过的记忆在我脑海里不断闪回。

刘重阳定定地站在徐晓曼面前，冯老师喝令他回到座位他也完全不予理睬。

徐晓曼站起身，拍着桌子给自己壮胆，她冲刘重阳喊："你要干吗？！"

班级里所有人都屏气凝神地注视着这一幕，刘重阳没有回话，他扯开衣襟，一股腐烂的味道瞬时弥漫在教室里。

他取出了一把手术刀，刺向徐晓曼。

等我反应过来时，我已经扑了过去，挡在了徐晓曼的面前。

11

牛和人不一样，牛有四个胃，前三个胃都是食道变异，分别是瘤胃、网胃和瓣胃，只有最后一个皱胃才是真胃。

虽然有四个胃，可是牛依然会有消化系统的问题，这时候有一种手术叫瘤胃开窗，便是将瘤胃开一个洞，便于观察牛胃部的情况，同时也方便医生诊疗。

刘重阳从小就有积食的毛病，最严重的时候甚至危及了生命，刘重阳的父亲是个兽医，但也是个疯子，他把给牛治疗消化系统的手术用在了自己的儿子身上。

我第一次在他父亲头顶看到的记忆就是这一幕，他正给手术台上的刘重阳做开胃手术。

这个手术并没有让刘重阳的病症得到解决，反而让他浑身散发着食物腐坏的味道，营养也无法正常吸收，所以他比同龄的孩子还要瘦小。

从警局回来之后，刘重阳知道自己每次去班级都要经过重重检查，便将父亲的手术刀直接藏在了身体里。

我替徐晓曼挡了那一刀，那一刀刺进了我的右眼。

我在医院挣扎了一天一夜才度过危险期，等我醒来的时候，我爸告诉我，右眼没了。

然后便是漫长的恢复期，冯老师带着同学陆陆续续来看过我几次，还有学校的领导和记者，他们对我进行采访，问我舍己救人的时候心里在想些什么。

我说阳光太刺眼，他们把窗帘拉上，又问了一遍刚才的问题。

我说，阳光太刺眼了，晃得我什么都看不见。

徐晓曼和刘重阳都没来看过我。

出院之后我爸给我办了转学，离开镇子前我问他，刘重阳和徐晓曼怎么样了。他说，徐晓曼早已经转学走了，刘重阳进了少管所。

这就是我最后听到的关于他们的消息。

那个夏天的三个案子在两个月后被破获了，凶手是一个背着命案的杀人犯，这个杀人犯在被押解的途中趁一次车祸逃出了警察的控制，逃到我们镇上，偶然间翻进了刘重阳的家。

刘重阳的父亲是幸运的，他因为住在牛棚躲过一劫，根本没和逃犯打过照面。

而刘重阳对眼前这个因为跋山涉水而伤痕累累的男人产生了同病相怜的感情，他收留了他，作为除我之外的另一个秘密朋友，刘重阳会把学校发生的事情悉数讲给他听。

逃犯那时告诉刘重阳："你收留我，我替你办事。"

刘重阳点了点头，那时他并不知道这句话意味着什么。

12

失去了右眼之后，我的世界变得正常，我再也不能看到别人乱糟糟的记忆，结巴也一夜之间痊愈了。

我渐渐淡忘了之前发生过的事情，直到前年过年回家，我又在街上看到刘重阳。

第二捆魔术弹也放完了，小崽子们蹦蹦哒哒地要回家，我让他们几个手拉着手先往回走，然后自己走到了刘重阳跟前。

刘重阳也发现我冲他走去，他的脸上没有一丝生气，他问我："买奶啊？"

我摇摇头，说："刘重阳？我是郑皓啊。"

他沉吟片刻，显然不太擅长撒谎，他说："知道知道，郑皓，就是那个郑皓。"

我说："其实我能看到别人的记忆。"

他有点儿蒙，没接话。

我说："徐晓曼报警，是因为我错把你记忆里的那个男人当成了你父亲。"

他重复了一遍我说的话："我父亲？"

我又说："对，他穿着你父亲的白大褂，他和你讲话，他把徐晓曼三哥的钱包扔给了你。"

刘重阳无奈地笑了笑，他说："我父亲早就死了，再说哪有人能看见别人的记忆。孩童时期总会有各种各样的幻想，以为自己是骑士，以为自己是公主，以为自己能看见别人的记忆，以为自己的诅咒真的能灵验，可这些都不是真的。"

说到这里他停了下来，那几个小崽子手拉着手又跑回我身边，他们喊我二叔，说还是不放心我自己回家，怕我找不到路，然后拽着我的衣角想让我跟他们一起走。

　　刘重阳看看孩子们，又看看我，随后他又变回那张毫无生气、全无波澜的脸。他问我："买奶啊？"

　　我叹了口气，摇摇头。

　　我说："不了，今天不了。"

混淆虚幻和现实是很危险的。

SOLITAIRE

死者的成语接龙

咱们玩一个游戏吧，叫成语接龙，需要字头连字尾，讲一个自己的故事。

序

　　漆黑的房间里，三个人相对而坐，也不知道过了多久，其中一个人先说话了。

　　"你们知道中国古代汉语词汇中有一种固定短语叫成语吗？"

　　有个人回答他："知道，大部分是四个字，有明确出处和典故，凝练，却又表意丰富，是一种极富美感的语言形式。"

　　另外一个人没说话，可能点了点头，也可能并没有。

这里太黑了，什么也看不见。

第一个说话的人又说道："时间还很长，咱们玩一个游戏吧，叫成语接龙，需要字头连字尾。"

"我觉得可以。"有人应声。

第一个人说道："单纯的接龙没什么新意，咱们把规则做些改变，每个人要根据自己接龙的成语讲一个故事，怎么样？"

"正好打发这无穷无尽的时间。"

"那好，我第一个说，我要说的成语是知无不言。我要讲的故事就和这个成语有关。"

第一个故事：知无不言 ← 会是暗号吗？如果是的话，也太简单了。不像尚不趣的风格。

我是个警察，社区民警，过手的案子大部分都是打架斗殴、小偷小摸、夫妻吵架。你要问有没有大案要案，我明确地告诉你，没有。

大案不归我们管，万一哪个小案子，比如夫妻打架打死人了，也直接转到刑事去了，我们管不着。

所以我干了这半辈子，不，这一辈子警察，真是没遇到过什么惊险的事情。

不过虽然没什么惊险的故事，离奇的倒是有。我今天要给你们讲的这个案子，直到今天，我都不敢相信是真事儿。

这事儿得从一次社区巡检讲起，那时候正赶上人口普查，我所在的社区有全市最大的城中村，人口普查难度相当高，我们加班加点，但还是会有些盲点照顾不到。

有天半夜，我还在做梦呢，让所里值班的同事的电话吵醒了，说让我赶紧回所里一趟。那天值班的是个小女孩儿，刚进所里没几天，电话里支支吾吾说不清楚，我披上大衣就去了。

对了，那时候是冬天，前一天是冬至，刚吃完饺子。

我喜欢韭菜鸡蛋的，我媳妇偏偏喜欢牛肉萝卜的，离婚前我俩老为了饺子馅吵架，现在想想，多大点儿事儿啊。

那天刚下过雪，半夜打不着车，我蹬着电动车赶路，摔了一跤，幸好雪厚，人和车都没摔坏。

所里值班的小女孩儿见到我就抹眼泪，她说谁想头一次值班就碰上变态了。

我挺生气，这还了得，欺负我们人民警花，就问她咋回事。她指着关在审讯室里的人说，就那人，大半夜不睡觉，脱光了要跳楼。

我打开审讯室的门往里瞄了一眼，是个二十出头的年轻男孩儿，长得挺精神，头发打理过，脸上也干净。他坐在审讯室的大灯下面，就披了一件旧的军大衣，里面光溜溜的。

他已经被上了铐，还饶有兴趣地观察着那对铐子，审讯室灯光昏暗，他发觉我站在门口，抬头瞅了我一眼，那眼神空洞冰冷，我被盯得发毛，回过神时已经一脑门儿冷汗。

我轻轻关上审讯室的门，深吸一口气，回头问小警察："咋回事儿？"

小女孩儿抿着嘴，半天憋出一句："这就是个变态。"

其实现在这个社会，谁看起来都人模狗样，可真要撕下脸皮，变态挺多的。

364 路公交站，常年有个不穿裤子的流浪汉，人家倒是什么都不干，既不骚扰谁，也不吓唬谁，就天天往站牌底下一杵，傻乐。我们抓也不是，不抓也不是。后来天冷了，这人就没了。有新来的小警察也问，我们知道情况的就随口搪塞一句，要么说可能让家里人接走了，要么说估摸天冷找地方避寒去了。

其实是有一天他吓着了我们这儿一个大哥的女人，第二天让人劫上了面包车，生死不明。

没人报案就是没案子，我们都睁一只眼闭一只眼，偶尔想起来这事儿，也分不清哪个才是变态。

要不是没穿衣服，我眼前这个男孩儿看起来还真不像变态，身上干净，头发利索，要说唯一有点儿离谱的地方，就是他不知道冷。

我们这儿的冬天，室外温度发起狠来能到零下三十摄氏度，警察局供热也不好，审讯室里穿着大衣也能冻得人嘡嘡哈哈，这人就披了件大衣，裹得还不严实，什么反应都没有。

尚不趣的老家也在北方。

小警察告诉我，她也是接到了报案，说有人跳楼，等她赶到现场的时候，才发现这人就光溜溜地站在楼顶上，像个大白萝卜。

城中村本来就有很多外来人口，情况特复杂，像我这种老片警都认不全人，报案的人也说根本没见过这个男孩儿，加上这小伙子身上什么证件都没有，根本不知道是谁。

我问小警察："问过话了吗？"

小警察点点头，又摇摇头，说："想问来着，你看他那样，哪敢啊？"

我说："咋了？还害羞啊？"

小警察本来就是刚毕业的小女孩儿，抿起嘴、皱起眉来还挺好看。她嘟起嘴跟我说："你自己问去吧。"

03

我根本没审过大案，什么微表情、犯罪心理，我统统不懂，基本就是人生哲学三大问题：你是谁？你从哪来？你干吗去？

这个男孩儿一问三不知，既说不清自己是谁，也说不清自己为什么光着，更说不清上楼顶干吗，就是不停地点头、摇头。

我觉着什么都问不出来了，就开门出去，跟小警察说明天先查失踪人口，无人认领直接扔精神病院。临出门的时候大衣口袋的彩票掉到地上，小警察帮我捡起来，还调侃了我一句："指着这个发家致富呢？"

我抢过彩票揣到兜里，哼了一声。

就在这时，那个男孩儿说话了，他双眼直视前方，空若无物，以极快的语速报了一串数字。

我默念了一遍，不知怎么就记住了，小警察问我："他说什么呢？"

我摇摇头说："可能是发神经了。"

第二天我休假，晚上彩票开奖，我当然是没中奖，看着彩票站大屏幕上显示的号码，我又默念了一遍昨晚上那个男孩儿报出的数字。

再去警局的时候，男孩儿已经穿好了衣服，是警察们给他凑了一身，他的身份还是个谜，无论是在籍还是失踪人口，没一个能和他对得上的。

失踪的郑皓穿越过来了？

小警察正给他办理移送精神病院的手续，我拦下了她，说找到了男孩儿的家人，随口编了个名字，直接把男孩儿领回了家。

"你到底是谁啊？"我问他。

他摇摇头说："想不起来了。"

"这样，你告诉我，这期彩票号码是多少？"

他看了眼墙上的挂历，面无表情地报了串数字，我抄下来，直奔彩票站而去。

04

双色球隔天开奖，我让这个年轻男孩儿在我家住了两天，直到开奖。开奖之后我就交了辞职信，挺多人诧异我怎么会亲手砸了自己的铁饭碗，我想的却是领奖时要戴个什么样的头套。

回家之后男孩儿正在吃我给他煮的饺子，我就蹲他面前，盯着他空洞的眼睛，下意识地问了一句。

"你是谁啊，你到底还知道些什么啊？"

男孩儿放下筷子，缓慢地抬头，然后脑袋朝我转过来，说："能源补充完毕，备用电源启动，开始恢复程序。"

我听他这么说就乐了："哟，还是个机器人。这光着膀子来的，敢情是终结者啊。"

他继续说道："我是T300型机器生命体，也就是你们这个时代所说的人工智能，我从很久之后的未来穿梭而来，是为了找一个人，以拯救我们的时空。"

"那你怎么还知道彩票号码呢？"我调侃他。

"我的大脑中储存了所有曾经发生过的事情的数据，这有两个目的，一个目的是保证我不做出破坏时空连续性的有害动作，另一个是为了向你们这个时代的人证明自己的身份，以便找出目标人物。"

"发生过的事儿你都知道？"

"所有有文本记载的事情我全部了然于胸，无论你想知道什么。"

我当时就琢磨，过去的事情问了也白问，我自己都不知道个标准答案。于是我问他："明天的天气怎么样。"

"天气晴，最高气温零下二十摄氏度，最低气温度零下二十六摄氏度，西北风三到四级，空气质量……"

他没说完我就挥手打断了他，这没什么意义，我就随口一问，应该问一些更有难度的问题。

可虽然心里这么想，问出口的却还是算命常见的无聊问题。

"我和我媳妇儿能复婚吗？"

"不能，因为……"

"好了，别说了。"我又一次粗暴地打断了他，然后换了下一个话题，"说说你来找谁，干什么吧。"

他迟疑了一会儿，开口说道："我来寻找毁灭世界的元凶，我现在还不知道他是谁，也不知道怎样阻止他，但这就是我的使命。"

我心里琢磨，越来越像那么回事儿了，还是送精神病院吧。

就在这时，我听见门响，刚想回头，就被什么东西砸到了脑袋，眼前一黑，晕了过去。

等我再醒来时，天已经黑了，年轻的男孩儿早不见了踪影，家里的门关得好好的，完全没有被闯入的痕迹，我赶忙摸口袋，那张中了大奖但还没兑换的彩票不翼而飞，这几天的一切就像一场梦，只有桌子上吃了一半的饺子昭示着真实。

第二天我去所里取回了辞职信，从此之后，再没见过这个男孩儿。

屋子里漆黑一片，第一个人讲完了故事，便陷入了莫名的沉默。这时有人打破了沉默。

"后来你和你妻子复婚了吗？"

第一个人嘿嘿一笑："我当时就是心情不好，没听完男孩儿的预言，否则一切可能就不一样了。"说完他又陷入了沉默。

黑暗中另一个声音响起："你没再去找那个男孩儿？"

"没有名字，没有档案，因为嫌麻烦不想立案，照片都没拍，根本找不到。"

"那袭击你的人呢？也没找到？"

"没有，没来得及。"第一个人叹了口气。

"我猜是那个女警，只有她知道这个男孩儿的事情，毕竟那天晚上她也听到了男孩儿说出的彩票号码。也许她回去也发现了男孩儿的秘密，毕竟金钱的诱惑力太大了。"一个声音说道。

"也有可能是时空管理局吧，为了不让你接触到时间旅行者。"另一个声音说道。

第一个人又长长地叹了口气："无所谓了，世界没坚持到我发现真相的那一天。"

他说完这话，三人同时陷入了沉默，也不知道过了多久，一个声音说道："咱们还是继续游戏吧，第二个谁来？"

有人轻轻地咳嗽一声："我吧，我来第二个接龙，正好我的故事和他有些相似。"

另外两人安静下来，那个人继续说："知无不言，我接言出必行。"

第二个故事：言出必行

在别人还需要中彩票来一夜暴富的时候，我就不需要彩票了，钱这种东西对我来说，毫无意义。当然，这样的状况仅仅持续了三天。

毫不客气地说，我做了三天上帝。

不知道你们有没有听过一种说法，人的语言是有魔力的，负面的说法叫诅咒、洗脑，正面的说法叫催眠、自我激励。事实上都差不多，就是通过语言让自己或其他人完成本来不容易甚至无法完成的事情。

我比他们更玄一些，我说出的话就是命令，强制其他所有人必须完成。

无论对象是谁，我说的话一定会做到，谓之言出必行。

我只需要指定人物、时间和事件，对方就会按我的要求去做，无论这个要求有多离谱。

我今年二十三岁，野鸡大学刚毕业，在一家日化公司实习，做渠道销售，就是跑各个卖场，上架商品，做促销活动，管促销员。

你肯定会想，为什么我有这种能力还要上班，事实上我的能力不是天生的，这是个礼物。

销售的加班基本就是喝酒，再赶上月底冲业绩，那段时间我几乎夜夜辗转在经销商的酒桌上，那天晚上我一共喝了两场，第二场酒局散场已经是后半夜两点钟了。我拦了辆出租车，司机看我醉醺醺的，车窗直接摇上开走了。我只能步行往回走，路过地下通道时被风吹得头疼，哇哇把胃里的酒菜吐了一地，吐完倒也清醒些了，就点了根烟。

有时候人生就是这么奇怪，你拼命努力，什么也得不到，你吐了一地，换来神奇的际遇。

后来我想，如果那天我拒绝了第二场酒局，或者有个司机好心把我载回了家，那之后的一切将不会发生，而我的人生也将完全不同。

在经历了这些事之后，我开始思索人生，开始思索命运，再回头时我根本看不清自己在命运的布景上画了怎样一道曲线。

烟被风吹灭了两次，我只能整个人挪到墙角，想找个背风的地方以防塑料打火机的火苗再次被风吹灭。

就在这时我看见了窝在墙角的老人，他也看着我，瑟瑟寒风吹过，他衣着单薄却干净，丝毫没有发抖。

我又点了一次火，依然被风吹灭，那时我自己也不知道出于什么目的，不知道是因为同情还是同病相怜，我抽出根烟递给老人。老人自然地接过烟叼在嘴上，我给他点火，火苗依然抖个不停，可这次并没有熄灭。

他狠狠地抽了一口烟，没说谢谢。这时我酒已经醒了一半儿，烟瘾也莫名地消失了。

我揣起烟和火，想离开这寒冷的地下通道，转身要走的时候老人叫住了我。他的声音很奇怪，让我想起了一种动物。

我老家在东北农村，小时候会和爷爷上山猎狍子，狍子的叫声像狗，但更加温柔。

老人的声音也是那样，迟缓、温柔却能穿透刺骨的寒风。

他对我说："从现在开始，你所说的每一句话都将变为现实。"

那一刻我愣住了，在寒冬的街头，温度和色彩突然消失不见，不过只是一瞬间，世界又重新回到了我面前。

我耸耸肩，没理老人的胡言乱语，走出地下通道时，我叹了口气，对自己说道："这样的天气，他绝对活不过三天。"

02

第二天酒醒之后，我隐约记得昨晚发生的事情和老人对我说的那句神神道道的话，但我并没有在意，这是我逻辑体系之外的东西，直到遇到老人的两天之后，我才真正领会了老人说的话的意义。

那天我和我的客户刚从工地出来，她的公司垄断了我们市的所有商超渠道，同时还涉足房产行业，我来找她的工地就是她自己公司新规划建设的楼盘。我脚前脚后地捧她，就为了她能多进点儿我们公司的货。

我俩礼节性地握手告别，她一步一步地朝自己的车走，我就目送她远去，刚才谈判时她的趾高气扬和不可一世突然像涨潮一样汹涌而来，我暗地里骂了一声："你这么牛，倒是上天啊。"

空旷的停车场，艳阳高照，一个蹬着高跟鞋的中年女人，断然是不可能上天的。

可就在那时，我的话刚说完，她还没来得及打开自己的车门，就忽地一下上了天。

三层楼高，这个女人飞了三层楼高，然后重重地摔在车水马龙的公路上。

那是本市建设中十年之内的最重大事故，旁边建筑工地的吊车操作员打了个盹，起重臂操作失误，陡降过了安全高度，巨大的铁钩偏离本来运行的轨道，借着恐怖的离心力像飓风一般划过了停车场。

我的客户就被这铁钩带上了天，划过我头顶，落在了百米之外的公路上。

没有恐惧，也没有震惊，那"扑通"一声闷响让我霎时开了窍，我回想起了老人对我说的话。

"从现在开始，你所说的每一句话都将变为现实。"

这神秘的可能性成了我庸碌人生中的救命稻草，之后的一天里，我开始了疯狂的实验，只为证实自己的语言确实有这种魔力。

我会随机找一些路人，让他们做一些莫名其妙的动作，例如脱光了在街上跳舞，或者上楼顶撒钱，我甚至命令一个老人跑步到五十里外的养殖场然后和我视频。

不过这时，我还没敢尝试过于危险的命令。

经过尝试之后，我得出了以下结论：

一、所有命令必须强制执行，没有例外；

二、如果命令违反物理定律，将会以其他形式完成，比如我的客户上天，就是事故的结果，而我的命令无法控制过程及带来的影响；

三、命令没有时效性，控制会持续到对象完成命令的那一刻。就像那个跑步到养殖场的老人，他无视年龄和体力跑了九个小时，给我发视频的时候已经是深夜。当然，和我视频接通的一瞬间，老人就直接累得瘫倒在了地上，再没醒过来；

四、不能控制死人。

那天晚上我失眠了，无意导致别人死亡的内疚这时才爬上我的心头，我窝在被子里瑟瑟发抖，直到天亮时才在恐惧中入睡。入睡之后我做了个梦，梦里我是个神，但是被封在框子里，那框

郑皓，是你吗？

子我无论怎么用力，也打不破。

之前我说过，我只做了三天上帝，在我的实验结束之后，已经过了两天。那时我根本不知道自己发挥能力的时间如此短暂，以至于完全没有时间享受神力带来的福祉。

第三天的早上，我又回到了那个地下通道，老人不在那里，也没有老人存在过的蛛丝马迹。

我安慰自己，这并不重要，重要的是我确实获得了这种能力。

然后便是疯狂的开始，我生在普通家庭，从小生活就很拮据，既然有了如此便利的能力，钱必然成了我的第一个目标。

我设想了很多办法，最后还是选择了最为简单粗暴的一种，我到市里有名的富人区，随便找一个看起来有钱的路人，命令他，把卡里所有的钱取出来给我。

我刻意避开了路上的监控，在银行时也离控制的对象远远的，避免出现同框，拿钱的时候依然选择监控覆盖不到的边远地区。虽然银行每天有限额，但只要反复操作几回，我依然得到了自己平时不敢想象的巨大财富。

食色，性也，我生来庸俗，除了钱，我的需求也就只有女人了。

正在我物色目标的时候，变故发生了，那时我正开着新提的小跑，许多钞票就扔在后备厢里，根本没来得及存进银行。

我撞飞了一个女人，就在市中心最繁华的街道上，光天化日之下。

那个女人像在赶时间，或者是在追逐什么人，她猛地冲过街口，我没来得及踩刹车。

如龙的车流在我这儿戛然而止，最先是各种汽车鸣笛的声音，然后是瞬间的安静，再接下来是围观人群的叽叽喳喳声。

这时我才想起下车，那个女人趴在血泊中。有人开始报警，我下意识地朝女人喊道："你不能死！"

我的命令是无法作用在死人身上的，如果命令生效了，说明对象还没死。

那个女人显然还没咽下最后一口气，她颤颤巍巍地站起来，鲜血还在像涌泉一般从喉咙里冒，但依然控制着身体往前走，这一刻所有人，包括我自己都安静了，我们看着面前这个已经被撞得支离破碎的女人缓缓走过马路，血洒了一地。

警察来之前我都窝在车里，一动也不敢动，甚至忘了命令周围的看客们停止把这一幕发送到网络上，也不知道过了多久，警察来到了现场，他们检查我车的时候发现了后备厢里成摞的钞票。

而那个我不允许她死去的女人，一直这么走到三公里外的学校，才被警察拦下。

来抓我的是两个警察，他们押我上车的时候恐惧又爬上了我的心头，我歇斯底里地朝他们喊："放开我！"两个警察放开了我，然后惊讶地发现无论如何都没法再抓住我。

他们请求了增援，我慌不择路，甚至忘了开车，只能一路往前跑。

我对追我的警察喊"滚开"，即使有围堵我的车辆，也依然会被莫名的事故缠上，可我的命令一次只对一个人有效，所以到最后，我依然深陷在警察的包围圈中。

面对越来越多的追捕者，我自知已经无法用命令来控制他们使我脱离困境，可我却依然无法控制地想要突出重围，直到一发子弹射中了我的脑袋。

这颗子弹没有穿透我的头颅，而是留在了我的脑中，子弹的位置很微妙，因为我之前引发的超科学范围的骚乱，政府不允许冒着有可能致我死亡的风险动手术。就这样，我一直昏迷下去，以植物人的状态在病床上昏睡了三十年。

再醒来时我虽然只有五十多岁，但镜子中的我看起来像个年过七旬的老人。

得知我苏醒之后，无数医学家、科学家都开始了对我以前的所作所为的猜测。

我做了三天上帝，甚至没享受到任何神力带来的福祉，就成了动物园中被围观的奇珍异兽。

我拒绝这样的人生。

"让我回到过去吧。"我对自己说。

依照我之前实验的结果，我的命令是绝对的，只不过会通过其他形式实现，那时的我抱着一颗顽童般的好奇心，期待着自己会以怎样的形式回到过去。

我能听见病房外嘈杂的声音，那些人都是隶属于政府的科学、医学精英，他们等待着见到我的那一刻。就在这时，我面前的空间出现了波动，一双手撕裂了空间，一个男孩儿出现在了我的面前。

我对他说："带我回到过去。"然后毅然跳入了时间的乱流。

说到这儿，讲故事的人停下了，他对另外两人说："到这儿就可以了，我的故事已经够长了。"他自嘲地说道。

另外两个人又一次陷入了漫长的沉默，时间在这漆黑的空间里像是静止的，没人说话，时间便没有流动。

"那最后我来吧，我来把游戏完成。"一个声音说道，"我接言出必行，行，行尸走肉。"

第三个故事：行尸走肉

我出生时的世界已经和你们认识的不一样了，你们的时代是欣欣向荣的，而我的时代，到处充满了死亡的气息。

我活在一个时时刻刻与死亡为伍的时代，这并不是形容词，并不是修辞手法，这是真实，是一种常态。

我们的时代是腐肉的时代。

我不是人，如果刚才我对自己的诞生用了"出生"一词对你们造成了误解，我诚挚地道歉。

这只是个习惯。

我是被创造出来的，我的代号是 T300 人工生命体。

作为最后一代拥有学习能力的AI，我肩负着改变历史的使命。

没错，我的任务是回到过去，彻底消除这条腐肉遍地的时间线，重新给人类带来一个光明的未来。

因为地球正在逐渐变成一颗死星，已经没有能源供我往返了。

我只能跳跃三次，如果三次跳跃我依然没能拯救腐坏的未来，那我也将成为世界毁灭的一个注脚。

腐肉时代是从一次车祸开始的，史书上称这次事件为"第一次碰撞"。

一个车祸中将死的女人被赋予了"不死"的属性，可这种不死只是一种状态，她的肉体虽然不会腐坏，但她的脑已经无法思考。

和历史中出现的僵尸不同，这一类不死人不需要猎食，他们只是按照既定路线行动的肉块。

这些肉块无法像其他有机物一样自行分解，他们永远维持着死前的状态。

关于那个"第一次碰撞"中的女人，直到现在她的肉块依然存活在我的时代。

那个时代的学者对于她死后的行动进行了研究，甚至对于她保持行动的肉体进行了肢解，可依然无法阻止她保持生前的活动状态。

我接触的一份机密文件中提到过，研究者们把她的一部分肢体绞成了肉泥，埋进了地下，那些肉泥依然缓缓爬出了土壤，像是某种新生命的嫩芽。

如果只是一个不死者，还可以靠封闭来进行控制，可后来事态慢慢发展到了意想不到的程度，从"第一次碰撞"之后，无数将死之人得到了"不死"的祝福，他们没有思想，不会死亡，肉体也不会腐烂。他们的行动也全然不同，有的会在生前留恋之地长久地滞留，有的会整天整夜在街头徘徊。

最初的处理方法很常规，封锁消息，控制不死者，可这并不能阻止不死者的数量呈指数级增长趋势。

当人们意识到不死者的起源时，一切已经太晚了。

谁也想不到，"不死者"的瘟疫在后期纯粹是靠人力传播的，那时不死神教已经成了地球上极为壮大的组织。

是的，我称之为瘟疫，而传染源是语言。

03

尚不趣 or 特殊？　二十一世纪初期，某个人类获得了一种奇异的能力，他的所有语言都会转化为现实。

我们已经无从考证此人通过这种能力做了什么，唯一清楚的是，他是一起车祸的肇事者，为了补救错误，他对受害者说出了一句"你不能死"。这句话成了无法逆转的现实，而更加恐怖的是，他的这个举动被围观者拍下视频传到了网络上。

因为视频中有伤者"不死"的诡异画面，这段视频在网络上达到了无法逾越的热度，即使后来政府力量出动，依然无法阻止好事者的二次传播。

而所有观看过这段视频的人都受到了"不死"的诅咒。

许多视频观看者在之后的几年内出现了"不死"的症状，这个现象一发不可收拾。等人们意识到事情的严重性的时候，已经来不及了。

当"不死"在全球蔓延开时，甚至产生了一种思潮，认为"不死"才是人类进化的方向，他们自称"不死圣教"，那段视频成为了传道的圣物。

最后，我诞生了。

我是人类文明最后的火种，是具备自我学习能力的人工智能生命体。我的任务就是回到过去，改变这错乱的时间线。

时间穿越所消耗的能量巨大，当时的地球已经不支持我反复寻找复兴的契机，我只有三次跳跃的机会。

我的第一次时间线跳跃同时也是人类的第一次时间线跳跃，是一次技术事故。我所到达的时代已经经历了"第一次碰撞"，根据我的经验判断，"不死"是不可逆的，我无法在"第一次碰撞"发生后，通过任何形式的努力扭转局面。于是没有什么犹豫，我进行了第二次跳跃。

第二次跳跃的坐标依旧不够精准，我想是经验和能源的问题，这次我出现在了一个老人的病榻之前。他看见我出现并没有惊讶，他对我说："带我回到过去。"

我的第一要务是节约能源，根本没有时间思考老人的要求。于是我重新启动了时间跳跃程序，就在我重新回到时间乱流中时，老人跟在了我的身后。

第三次跳跃的坐标是精准的，我来到了"第一次碰撞"还没发生的时代，老人紧跟在我的身后，成了人类历史上唯二的时间穿越者。

当我正在犹豫如何处理老人的时候，他对我说话了。他的声音温柔但冷峻，作为一个人工智能，他的话语让我第一次体会到了恐惧。

他对我说："我不知道你是谁，我很感激你带我回到了过去，但我不能让知道我身份的人活在世上，去跳楼吧。"

那一刻我像中了魔咒，意识无法控制身体。我转身找到了附近的一栋居民楼，就在这时，我的能源耗尽了。

我捡回了一条命。

05

备用能源无法支撑我完成任务，也无法为我提供清晰有效的思考，等待能源恢复的这几天的记忆来源于我的备份硬盘。

因为失去能源而跳楼失败的我被那个时代的警察带走，因为下意识背出的彩票号码，我被一个老警察带回了家。可能源刚刚恢复，这个老警察就被袭击了。

她会是谁？

我被另外一个女人带走，她做了一个暴富的美梦，直到有一天她为了追逐逃跑的我而被卷入车祸。

她就是"第一次碰撞"的受害者，那个第一个成为不死腐肉的女人。

这时我突然明白了，我跳跃时间偶然带回来的老人就是一切的元凶，他和我一起回到了过去，将超能力传递给了过去的自己，而因为对我的追逐，腐肉时代的第一个受害者死于非命，至此开始了地球的黑暗时代。

那之后我已经没有办法再进行时间跳跃，只能跟随着不可逆的时间向前流动，我本就无法死亡，和地球上其他"不死者"一样，我成了行尸走肉一般的存在。

第三个人讲到这里就不再说话了，另外两个人也默契地在黑暗中沉默。

声音消失了，时间和空间也消失了，甚至黑暗本身也消失了。

没有了时间的衡量，沉默变得短暂又漫长，一个声音突然响了起来。

"反正时间还长，我们不如再玩个游戏吧。"

完

FOUR SHOTS

四枪惊奇案拍

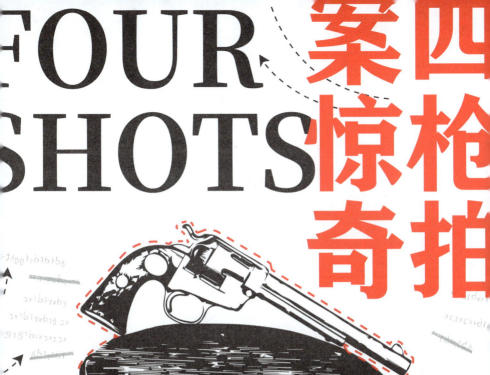

我从警十年，只开过三枪。一枪打空，一枪打中围观的路人，还有一枪，不偏不倚地打在自己的嘴里。

我从警十年，只开过三枪。一枪打空，一枪打中围观的路人，还有一枪，不偏不倚正打进自己的嘴里。

ONE

　　西客站旁有个高层，顶层三十二。我们接到报案赶过去的时候，四部电梯有两部在检修，一部正上到十五层，一部卡在三十一层不动。

我们留下两个人在一楼等电梯，我和另外一人从楼梯往上爬，爬到十二层的时候我绊了一跤，等到十七层的时候，后背已经被汗水浸透了。

跟我同行的是一个年轻的实习警察，他一步两阶，转眼就爬到了二十四楼。等我爬上去，电梯都到了。

报案的人在二十四层最里面的出租公寓，我挤进去的时候，同事已经夺下了他的刀，上面血还没干。

那是把三十厘米长的砍骨刀，菜市场常见，剁骨头的时候刀切砧板，咚一声响。

环视一周，屋里俩人，一个活的，一个死的。活的是个男人，被反剪双手按在地上，死的是个女人，仰面躺在床上，脑袋没了。

这时候我才喘上气儿来，一股血腥味扑面而来。血从床上淌到地板上，沾了我一鞋底。我下意识地抬起手，又放了下来，然后从口袋的药瓶里倒出两片药片，不顺水服了下去。

实习的年轻人从地上捡起一部手机，向我们点了点头，示意报警电话就是这部手机打过来的。

再看那个活人，脑袋被压在地板上，梗着脖子，眼睛在我们几个身上乱转。

我朝按着他的警察点点头，警察用皮带绑住他的手，挪开了压在他脑袋上的膝盖。

他喘了口气，带着哭腔说："人是我杀的，但凶手不是我，我是木偶综合征患者。"

TWO

几年前在电视上看过一个节目，一个五岁小女孩儿自学催眠动物，鸟、狗甚至蜘蛛都能被催眠。我在电视前扑哧就笑出了声，那些被催眠得一动不动的小动物，明明就是在恐惧。那个小女孩儿只是打开了动物恐惧的开关。

假死是动物在恐惧时的应激反应，人也一样。

那天按住郑皓之后，同行的一个警察看着床上的无头女尸愣了神儿，我喊他几声他都没有反应，我见他手就要扶上大盖帽的帽檐，上去照他的手狠狠拍了一下。

扶帽檐是他恐惧的开关，我们一个局的搭档都知道彼此的开关。刑警也是人，见到无头尸体也会恐惧。

这个时代的人连恐惧都不敢，没人想进入假死状态，那会给人偶师可乘之机。

他又来了。

"保护我，我是木偶综合征患者。"郑皓在警车后座上还是反复重复这句话。

按他的说法，床上的尸体是他的妻子，他在发病期间剁下了妻子的脑袋，问他人头哪去了，他却说不上来。再问他其他的问题，他也只是重复着之前那些癫狂的话语。

我在副驾驶座上点了根烟，开窗户弹烟灰飘了自己一身。这案子很难搞，因为如果郑皓真是木偶综合征患者，那人偶师抓不到，案子就不能结。

第一例木偶综合征是在俄罗斯发现的，一对俄罗斯双胞兄弟在偷猎时遭遇棕熊，哥哥被剖开了肚子，弟弟以一只胳膊和半张脸的代价赤手空拳把棕熊活活打死。

事后弟弟表示当时被棕熊吓蒙了，身体却自己动起来。他被撕掉的半张脸和折断的胳膊完全感觉不到疼痛。

一个星期后，哥哥脱离了危险期，醒来之后他说的第一句话是"我控制了我弟弟"。

简单侦查过现场，警车直接开到了医院，大夫给还在发抖的郑皓打了针镇静剂，又喂了几片药，他迷迷糊糊地睡了过去。我让两个人守在病房外面，自己回警车里抽烟。没过一会儿，实习的小警察来找我，他给我传了一份文档，告诉我那房子的主人叫郑晟，是郑皓的双胞胎哥哥。 郑皓 X2

THREE

接到这个报案之前，我在分局办公室睡了五天，媳妇儿不让我进家门。照理说我应该硬气一点儿，毕竟出轨的不是我，可真到了吵架的时候，我也只能一根一根地抽闷烟。 与上一篇中的警察是同一个人吗？

新婚那年，我第一次佩枪抓捕一个杀人犯，当时犯人在饭店后厨做小工，我手抖，子弹打飞了，射穿了厨房的烟道。杀人犯顺手抄起菜刀，砍断了我手腕的肌腱，还在我左脸颊留下了一道一指长的疤。

我记得那次媳妇儿哭了很久，因为我的工作，她后来没少哭，可这几年，更多时候是一张冷脸。

她说不想哪天接到局里电话去认尸，领一笔抚恤金，摆起来还装不满我的大盖帽。

离婚提了两年，我拖了两年，开始时她满世界抓我签离婚协议，现在想必是死了心，不再奢求离婚，只求我不再出现在她的视线里。

不得不承认，无论是工作还是感情，我都是个极度自私的人。

小警察传给我的文档里是一些照片，照片里大部分都是郑皓和妻子生活的记录，只有一张照片有三个人，那背景是不知道哪个城市的老街，郑皓和妻子走在前面，一个和郑皓一模一样的男人跟在两人身后，侧过脸不看镜头，一定是郑晟。

相比开心地拍照记录的郑皓二人，郑晟就像是画面里的一团乌云。

我粗略地看了一遍照片，没有什么特殊的地方，但每张照片又都让我感觉说不出的异样。

我问小警察电脑是谁的，小警察说通过电脑上保存的账号判断，是哥哥郑晟的。

死者的身份已经确定，是郑皓的妻子徐晓曼。因为徐晓曼左腿曾有过一次严重烧伤，所以辨认身份的过程十分轻松。凶器就是郑皓手中那把斩骨刀，通过切口痕迹及血液凝固状况判断，徐晓曼的头是在她仍存活时砍下的。二十四层的房间就是第一现场，那间屋子是郑晟的家。

三个小时后，我抽光了身上的烟，看守病房的同事叫我过去，郑皓的情况稳定了。

FOUR

俄罗斯那个徒手杀熊的弟弟后来告诉记者，他的父亲是在他幼时被熊杀死的，熊是他心中最恐惧的东西。所以在那只熊一掌拍飞哥哥时，他在原地无法动弹。

恍惚之中他听到了哥哥的呼救，然后身体便不再属于自己了。

最开始医生认为这一切只是危急情况下的超人反应，他们习惯了用现有的经验去推断一切不合常理的事物，直到平衡被医疗组中的一个实习生打破。

实习生第一次提出了"开关"这个概念，他认为某一部分人在极度恐惧的情况下会有一个下意识动作，这个动作就是恐惧的开关，当人们因恐惧做出这个动作时，开关便会被按下。按下开关的人类会开启最为原始的应激反应——假死，而假死状态下，人类只是一具任人摆布的木偶。这时周遭任何指令都会成为木偶的绝对命令。

比如慌乱中，哥哥喊出的"杀了它"。

一夜之间，人人自危，人们从害怕某样事物过渡到了害怕恐惧本身，坊间也将原本生涩的奇怪病名统称为木偶综合征。

无论什么情况下，操纵一个按下了开关的木偶都是违法的，可在操纵他人的欲望面前，法律并没有什么用。一个新的犯罪类型也是这时出现的，那就是通过恐惧操纵木偶综合征患者的人偶师。

人偶师寻找成为开关的下意识动作，进而控制木偶综合征患者。至于控制他们做什么，无非是满足人偶师肮脏的欲望。

被控制的恐慌持续了数年之久，直到一种针对脑神经的新型药物出现，世界才恢复了原来的样子，除了每个人都要按时服药之外。

这种药我也在吃，虽然我不觉得做个木偶有什么不好。

"你说你被人操纵了，你没吃药吗？"我坐在椅子上向小警察要烟，看到小警察尴尬的神情，我才反应过来这里是病房。

郑皓刚醒过来，身体还十分虚弱，他的手上插着输液针，脑袋上挂了许多我不知道用途的电极。还好这时他的神情已经舒缓许多。

"是哥哥叫我来他家的，他进门就捆住了我，他一直对我很好的，我不明白他为什么这么做。我不明白……"说到这儿，郑皓艰难地抬起双手，手腕上是被麻绳捆住的瘀痕，"他一直没和我说话，直到我服药时间过去半个小时，他把我拽到卧室床前，解开我的双手，拉开了床单……"

说到这里，郑皓明显地出现了情绪波动，他试图咬自己的指甲，可抬手时看到手腕上戴着的各种仪器，又把手放了回去。

我咬住自己大拇指的指甲，说："这个？开关？"

郑皓点点头。我又问道："那时候徐晓曼还活着？"

"活着，但是一动不动，哥肯定是给小曼下了药。"

"她也发病被操纵了？"

郑皓摇摇头："不会，她脑子里没那东西。"

我点点头表示了解，郑皓说的那东西就是提线，木偶师操纵人偶的提线。

木偶综合征患者脑中都有某种引发病症的物质，医学家取的名字我记不住，但现在社会上公认的名称却意外地好记，就是提线。

"然后呢？"

郑皓并没有立刻回答我的问题，他刚刚舒展开的眉头又像是被人打了死结，几次伸手想咬指甲都被小警察按住了。我让他放松情绪，多做几次深呼吸，他却一直大口大口地喘着气，好像如果不现在下定决心的话，答案便再也说不出口一样。

"然后哥哥在我耳边说，砍掉她的脑袋。"郑皓说完，抖个不停。

FIVE

法医告诉我，郑皓砍了徐晓曼的脖子。<u>木偶综合征发病时患者是有意识的，</u>他们只是控制不了自己的行为，所以郑皓全程是一个住在自己身体里的旁观者，眼睁睁地看着徐晓曼的脖子被砍断。

尚不趣会不会也是谁的木偶呢？

"你的意思是你哥哥控制了你？"
郑皓点点头，眼里充满恐惧。
"你觉得他为什么要杀徐晓曼？"我继续问。
郑皓摇摇头，思索片刻又点点头。
"徐晓曼是我从哥手里抢过来的。"
徐晓曼本来是郑晟的女朋友，那时郑皓还是个唯唯诺诺的学生，郑晟已经混迹社会有些年头了。虽然是双胞胎兄弟，可郑皓和郑晟的性格完全不同。

郑皓从小就是团体的焦点，学习刻苦，成绩拔尖，毕业后就进了规模覆盖全球的互联网公司。而郑晟似乎并没有遗传到和郑皓一样出色的学习基因。从十四岁离家出走开始，郑晟做过房产中介，做过二道贩子，还因为诈骗被判过刑，就是在服刑期间，郑皓把徐晓曼追到了手。

等郑晟出狱时，郑皓已经和徐晓曼结婚了，还做到了全国五百强企业的中层。

郑皓接着对我说："不光是小曼，在事业上我哥也一直对我有怨恨，毕竟当时他辍学也是因为我家供不起俩孩子。"

我点点头，郑皓和我说的基本和现场侦查的结果一致，现在还剩三件事悬而未决：一是郑晟的下落；二是尸体的头现在在哪；三是眼前的人到底是郑皓还是郑晟。

"砍下来的头你扔到哪了？"小警察抢着问。

郑皓噌地从病床上坐起来，手捶着床铺，两眼直勾勾地盯着小警察，他的喊声有些歇斯底里："不是我砍的！我当时已经被我哥控制了！我没砍小曼的头！"

我皱了皱眉，小警察被吓得后退了一步，这话说得确实太过，不过也正好试探一下郑皓的反应。

"冷静点儿，别管谁砍的，头哪去了？"我站起来把小警察挡在身后，示意郑皓再躺下。

"不是我砍的！那是我妻子！"郑皓又吼了一句，慢慢躺回床上，他喘着粗气，眼睛通红。

我又坐回凳子上，盯着郑皓的眼睛："头在哪？找不到头，你妻子的案子破不了。"

郑皓深吸了几口气，调整好呼吸，然后别过脸，眼睛望着床边的仪器："八成是我哥把头带走了。"

"你没看见？"

"那之后我晕了，这是木偶综合征的正常反应，等我醒过来时就报警了。"

我皱起眉头，找不到尸体无法结案。况且对郑皓的话，我也并不全信。

"你猜你哥会去哪？"

"我不知道，他很孤僻，没工作，也没什么朋友，除了这个租的公寓，他应该没有其他落脚的地方了。"

我把笔杆叼到嘴里，回想着等待郑皓恢复意识的那三个小时里看完的监控录像。

根据法医鉴定的死亡时间，我在监控中看到了一个和郑皓长相一样的男人拎着包走出了公寓。

那包的大小正好够装个脑袋。

思考片刻，我又问郑皓："哎，你说，你哥都已经控制你了，为什么不直接让你畏罪自杀，还留你一命啊。"

郑皓瞪了我一眼："难道我死了更好？"

我撇撇嘴："你要是死了，我们案子更好结了。"

他冷哼一声，没再说话。我趁机接着问："哎，有没有人认错过你们哥俩，反正我是看不出来。同卵双胞胎，DNA也一样吧。"

郑皓低着头，眯着眼睛，从下往上瞟我，他的语气十分轻蔑，像是嘲笑我一样：

"不用什么指纹、虹膜那些高科技，我教你们个办法。遇到我哥的时候，你在后面喊一声郑晟。没经过训练的人逃不开下意识的反应，你看他要是停下来，然后装作没事儿继续走，那他肯定就是郑晟了。"

我嘿嘿一笑，说他应该去做警察。然后气氛便尴尬得让我俩都说不出话了。

这时小警察的电话响了，是证物室打来的，那边封存的郑皓的手机接到了大额取款的通知。我突然明白了郑皓没死的原因。

如果郑皓的尸体被发现的话，郑晟便不能冒名顶替去转移郑皓的财产了。一个死人怎么会出现在银行柜台？

看我半晌没说话，小警察拍了拍我的肩膀，又指了指郑皓，我看到郑皓回答完问题竟靠在床头，他闭着眼睛不想再理我俩。

我问小警察："你去看看，检查结果出来没？他脑子里到底有没有提线。"

小警察凑近我耳朵，用悄悄话的音量说："十分钟之前结果就传到我手机上了，他脑袋里确实有提线，是货真价实的木偶综合征患者。"

SIX

这个时代信息已经不像过去那样闭塞了，天网摄像头早已遍布大街小巷，没用多久，我们就发现了郑晟的踪迹。他的样子在监控中模糊不清，还是我身后的小警察，一眼便认出了他带走的那个背包。

他从出租公寓出来之后先是去车行租了一辆车，开着车走了五个不同的银行，分几次取走了郑皓账户上一大笔钱，郑晟拿走了郑皓的身份证和所有银行卡，他的长相也基本和郑皓没有区别。

取完钱之后郑晟把车扔在了路边，径直走向了城西的商场，那里的地下通道和高铁站相通，我们猜测他是想逃往省外。

虽然我的心中依然有些无法解释的疑惑，可盗用郑皓账户以及准备出省这两点都是确定的，我们决定不让他有机会逃之夭夭，抓捕行动立即进行。

抓捕之前我给媳妇儿打了个电话，这是我的习惯，因为不知道哪一次抓捕就是我人生的终结。

电话那头的妻子很镇定，或许是她已经习惯了我的工作，又或许是她早已不再关心我的安危。挂了电话我突然想起刚才看过的照片，郑皓三人拍照的那条古街，正是我和媳妇儿结婚蜜月时走过的。

那时我以为这不过是个巧合，全然没注意到这份让人不安的感觉会将我印象中的平淡生活全部打破。

从查到监控到我们抵达现场已经过去二十分钟了，郑晟完全没意识到有人跟在身后，他穿过城西的地下通道，直奔车站而去。三队便衣从不同方向围了过来，郑晟目不斜视继续朝前走。

我掏出手枪喘着气跑在最前，没两步便被其他警察超过了，落在了后面。

再往前便是人流密集的车站，如果这时没能制服郑晟，将失去最好的抓捕机会。

"郑晟！站住！"小警察掏出手枪瞄准郑晟大喝一声。

我看见郑晟一抖，在原地站定，手从口袋里掏出个东西。

我的同伴已经冲到了郑晟一步远的身前，四五个人七嘴八舌地呵斥："双手抱头，否则开枪了！"

有路人朝这边看，本来就是路口，人声嘈杂，加上同伴们震慑式的大喊，一片混乱。

郑晟就站在原地，对周遭的一切充耳不闻，我看见他举起右手，突然意识到情况不妙。

"开枪！开枪！"我的视线被行人阻挡，没敢扣动扳机，只得朝同伴们大喊。可没一个人手中的枪来得及击发。

那一刻时间仿佛停滞了，我清楚地看见郑晟按下了手里的某个按钮，他挎着的背包泛起红光，膨胀，爆裂，然后火苗冲天蹿起。

砰的一声巨响，我被热浪冲出好远，我能感觉到声音和视觉都在离自己远去，不知道过了多久，烟尘呛得我咳嗽不止，我才找回了自己的声音。

浓烟滚滚的地下通道，我在烟尘中什么都看不清，除了被炸飞的漫天钞票。

这场自杀式的爆炸最后导致了四死二十三伤，死者中有三个警察，那个一直跟在我身后的实习小警察也在死亡名单上。

我只是皮外伤，从医院出来时同事告诉我，尸体的碎块已经捡完了，确定其中没有徐晓曼的头。

SEVEN

郑晟惨烈的自我毁灭，反倒让案件的流程取得了突破性的进展，后来分局领导想出了个绝妙的主意来处理徐晓曼失踪的头，那就是把爆炸现场的各种残肢分摊之后，从每一摊中抽出一部分拼成一个头骨。在他们看来无论凶手是郑皓还是郑晟都无关紧要，反正其中一人已经被炸得稀碎了，而另一个，即使法院裁定无罪，也要在康复中心度过六个月。

所有木偶综合征患者，为避免对社会造成不可逆的危害，都要在发现后进行为期六个月的恐惧克服训练。再加上郑皓的问题是，在被控制的情况下杀人，这个时间可能会更长一些。

爆炸当天晚上，妻子给我打了两个电话，我都没有接，大难不死的经历让人软弱，我开始怀疑自己是否适合警察这个行业。

在爆炸中我弄丢了自己的药瓶，去医院的时候也忘了再买。从医院出来，我直接奔向郑皓所在的研究所，那里是专门收治木偶综合征患者的。

我和郑皓是在会客室见的面，他已经恢复了精神，第一眼见到我时，他神色略有一些意外，旋即又轻松下来，我没在意，向他简单说了一下郑晟引爆炸弹的情况，他也没有特别惊讶。

会谈很短，我很快便要离开，起身时郑皓喊住了我。

"抓捕的时候，是你喊的郑晟的名字吗？"

我不明白他问题的含义，只是摇摇头："我运动量不足，跑不动，落在了后面，所以才捡回一条命。"

郑皓嘿嘿一笑，没再说话。我离开会客室时听见郑皓问医护人员："我能打个电话吗？"

回家时家门是虚掩的，我蹑手蹑脚地推开了门，便听见厨房里妻子"咚咚"的切菜声。我喊了两声媳妇儿没人搭理，便识趣地在沙发上坐下。

不一会儿媳妇儿从厨房探出头来看我，说饭菜马上做好了。我已经数年没有接受过这种待遇，突然感觉有些受宠若惊。

"媳妇儿，离婚的事儿先放一放吧，我今天太累了，回来住。"

媳妇终于做好了饭菜，端了一个大锅出来，上面还贴心地盖了西餐用的巨大保温盖。

她示意我不要着急打开盖子，又去厨房端了几个冷盘，随意摆在桌子上。

她问我："今天工作忙吧？听说城西有个爆炸案，那不是你的区域吗？你去了吗？"

我点点头，说是一个人偶杀人犯，拒捕，引爆了自己包里装着的土炸弹。

"炸弹多大啊？"

我用手比画比画，告诉她就这么大。开始没人想到里面会是炸药。

妻子不再说话，低头若有所思。

"就这么大呗？"妻子扶着保温盖问我。我说对，差不多，形状还挺像。

"你受伤了吗？"她又问。

我抽出根烟点上，摇摇头，表示自己年纪大了腿脚已经跟不上年轻人了。妻子久违地哈哈大笑，然后说出了一句让我脊背发凉的话。

"你没被炸死，真是可惜了。"

我听她这么说，浑身一激灵，再看她的脸，已经没有了笑容，面无表情如天亮前的黑夜。

她并没有给我揣摩她想法的时间，我还没反应过来，她已经掀起了那个巨大的保温盖。

保温盖打开，圆盘上是一颗人头，徐晓曼的头。

我被吓得一屁股跌坐到地上，手下意识地薅住了头发，这是我恐惧时下意识的动作，是我的开关。

"饮弹吧！"妻子对我说，我竟无法反驳。

EIGHT

饮弹之前我想通了许多事情，比如小警察给我那些照片中的奇怪之处。

那一组照片中，无论是两个人还是三个人，没有一张是自拍，无论是什么景色，身边总会有人给他们拍照，我猜给他们拍照的人就是我妻子，而那个我一直不得而知的出轨对象就是那天去二十四楼凶案现场抓住的郑皓。

准确地说那是郑晟，我一直弄混了人。

虽然我一直在怀疑他们两个人的身份，可最后还是跌入了真凶的陷阱。

这也是为什么我在城西爆炸现场感到奇怪的原因，那时的郑晟如行尸走肉一般，却在我们喊话时停了下来。因为他其实才是郑皓，他停下脚步不是对名字有反应，而是因为被我们按下了恐惧的开关，他的开关便是被错认成无能的哥哥。

为了让我们能拨动这个开关，在医院和真凶郑晟谈话时，他就埋下了引爆的楔子。

"不用什么指纹、虹膜那些高科技，我教你们个办法。遇到我哥的时候，你在后面喊一声郑晟。没经过训练人逃不开下意识的反应，你看他要是停下来，然后装作没事儿继续走，那他肯定就是郑晟了。"

他费尽周章，安排警察抓捕时木偶引爆炸弹，不只是想要脱罪，还是想要让牺牲的警察做证人，坐实自己郑皓的身份。

小警察那一句"郑晟站住"触发了木偶的开关，木偶完美地执行了之前哥哥给他设好的剧本，引爆了炸弹。而哥哥郑晟却完全取代了优秀的弟弟郑皓的身份，以一个木偶综合征受害者的角色接管了所有不属于他的财富和地位。

当然，徐晓曼是他杀的，那时他也并没有被控制，是他凶残地剁下了徐晓曼的头。

他和我的妻子联手，他杀掉弟弟一家换来财富和身份，然后通过爆炸除掉我这个警察。可阴差阳错中我逃过一劫，于是他立刻电话联系了我的妻子，我的妻子则准备了消失的头颅，以此来刺激我的恐惧，进而控制我自杀，来摆脱现在这种她并不满意的生活。至于自杀的原因，当然是因为没能阻止爆炸，而使得四位同事丧命所带来的极度内疚。

"饮弹吧。"我的妻子对我说。

我此时完全成了一个在躯壳内的旁观者，看着自己缓缓举起手枪却无力阻止。这是我第一次如此近距离地面对枪口，除了枪口之外的一切景物在我视线中都虚化了。我看着一圈一圈的膛线绕过我失败的一生，我看着我用自己断了肌腱的左手拇指毅然扣下了扳机。

一声清脆的声响过后，并没有血溅出来，我恍如梦醒，瞬间拿回了自己身体的控制权。

妻子不解地看着面前的这一切，她皱着眉头，最后恍然大悟：我的手枪里没有子弹。

完成了人偶师的剧本，我不再是受她操纵的木偶了。我不理目瞪口呆的妻子，缓慢地从口袋里掏出子弹。

"咱们在一起这么久，你从来没关心过我的工作。"我低声对妻子说，"我从警之后开过两枪，第一枪打飞了，第二枪误伤了路人，从那之后我便不敢再往手枪里上子弹，但幸亏有你，我想我又能开枪了。"

我把子弹装进弹夹，上膛，黑洞洞的枪口直指妻子惊恐的脸。

我从警十年，只开过三枪。一枪打空，一枪打中围观的路人，还有一枪，不偏不倚地打在自己的嘴里。现在我要开第四枪，瞄准的是我的妻子。

这就是没有复婚的原因吗？

完

PHOTO 纪念照

我又看了一眼手机里的照片，
照片里的男朋友好像想要说些什么。

郑皓

早上起床的时候我又看了看手机里男朋友的照片，那张照片里他表情茫然，直盯着镜头，嘴半张，像是想要说些什么。

这是他最后一张照片。就在五天前，他失踪了，人间蒸发，像从没来到过这世界上一样。

1📷

在文字和照片出现之前，古人为了记住一件事，会给绳子打结，这种记录方式原始而又低效，不过却具备一种现代技术无法比拟的浪漫气息。推理女王阿加莎·克里斯蒂的作品中，有一个女侦探就用结绳记事来整理思绪。

在文字和照片出现之后，这种记录方法就无法避免地被淘汰了。即使是最拙劣的文字也比绳结的信息量要大，可以记录下情绪，以便在遥远的未来回忆起自己当时的心境。而照片的出现让这种记录更进一步，相机中的一切就是现实的 1∶1 复刻，我们用相机勒出一个方框，把现实复制进来，精准又客观。

我从小就喜欢照相，不过那时对一般的家庭来说，相机也是奢侈品，直到上大学，有了第一部能够照相的手机，我才能随心所欲地拍照。

照片中的时间是凝固的，一切都被冻结在了按下快门的那一刻。当我按下快门，我便获得了时间的切片，我像是从时间中偷走了一部分，而这部分只属于我。

我和男朋友恋爱的时间不长，关于他的照片，我只有一张，那张照片是在我房间里拍的，之后他便失踪了。

警察叫我去派出所时，我告诉他们五天前晚上九点多，男友送我回家之后就走了。第二天他们又叫我去了一次，把相同的问题又问了我一遍。后来他的家人也给我打过几次电话，我没什么可和他们说的，只是表示也在努力寻找他。

我们第一次见面是在城里繁华的步行街上。华灯初上，他沿着石板路追上我，手里举着手机。

"小姐姐，我给你个东西你要吗？"他拦住我对我说道，手里的手机一直处在摄影状态。

我知道这是现在流行的搭讪套路，可还是下意识地用手拨开了他的手机，他显然没能料到我会有这么大的反应，手机没拿稳，摔在了地上。

我喜欢拍照，可是我恐惧镜头，以至于我从来没有一张照片。

他被我吓了一跳，俯身去捡手机，抬头时我们有了短暂的对视，我从他的瞳孔里看到了自己。我扶他站起来，他的视线没离开过我，那一刻我知道，他就应该属于我。

也许是命中注定，我们爱得热烈，一个月纪念日刚过他就在我家过夜了，而从他失踪那天起，我就没再进过卧室。

这几天我一直睡在客厅的沙发上，偶尔会开门看看卧室里的情况。那里面一片狼藉，桌子被拆散了，大衣柜也倒了，衣服散了一地，有许多已经被扯碎了。我就站在门口，几次想进去却无法迈动脚步。

想起有一次他约我去看电影，那天是市民节，大家都拖家带口出游，紧挨着我坐的小胖子每三分钟就要大喊一声"哇"。几声"哇"后，他转移目标不停叫我姐姐。我不理他，他又对另一个孩子手里的零食产生了兴趣，哭号了十几分钟要妈妈去给他买，还伸手去抢，被抢零食的小孩嘴一扁哭了。

我实在忍不住，请那个小孩的妈妈管管自己的孩子。她说你凭什么说我的孩子，电影院又不是你家开的，然后加大音量和孩子说笑，又拍手逗他。

电影看不下去，我靠在椅背上掏出手机刷微博。

突然她尖叫着站起来拉着孩子冲出了放映厅，我吓了一跳，男友凑过来拍拍我说，没事了，现在可以好好看电影啦。

电影结束后，我问他刚才那对母子怎么了，他笑笑，什么也没说。

我大学的体育馆里有个放备品的小隔间，我和当时的男友也在那里约会过，不过后来我们和多数情侣一样，面对毕业一个要留大城市谋生，一个要回家乡考公务员的难题选择了分手。

后来在校友群里，有人讲了体育馆闹鬼的传闻。据说一个被锁住的隔间里会发出"乒乒乓乓"的声响，所有备品都被弄得一团乱，墙上还有指甲抠出的痕迹，甚至某段时间还有人说看见墙上出现了血字，不过他叫人回来时，那些字就没有了。

直到某个学生在这个隔间里被一只无形的手拉住，闹鬼事件终于升级到了无法控制的地步。那个学生见人便伸出自己的手腕，给别人看自己手腕上被勒出的指痕。这件事最后惊动了校领导，当几个体育老师率先赶到备品室时，他们看见一个拖把凭空飞了起来。

那之后这个隔间就被大铁锁永远地锁住了，后来我有事情回学校，也来这里看过，我试着拽门，那几把生锈了的大铁锁"叮叮当当"地响，有风从门缝里溜出来，吹得我打了个冷战。

男友曾经说，他觉得我们俩是命中注定的，上天安排我们相遇，就是要他做我的超级英雄。

到底什么是"命"？

交往一个月那天他很高兴，像个小孩似的说个不停。我们坐在湖心餐厅，他深吸了一口气，神神秘秘地对我说："我今天得告诉你一个秘密。"

我配合地点头，眼神中闪烁着好奇。他便接着说："其实，我有超能力。"

我做了个疑惑的表情，不知道说什么好。"只是现在我的超能力还不稳定，我本想等熟练了再告诉你，但今天是个特殊的日子，我想试试表演给你看。"他则一副跃跃欲试的样子，让我等着。我忍不住笑了，掏出手机说那我可要拍下见证奇迹的时刻了。

眨眼间，他本来空空如也的手里就多了一捧玫瑰花，他把花递给我，眼神的意思是在询问：这次你信了吧？

我笑笑说："这是魔术吧？"

我知道他有超能力，这并不惊喜，惊喜的是，他是第一个送花给我的男人。

男友捧着花说，这玫瑰他之前就准备好了，让服务生藏在桌子底下，刚才他暂停了时间，把花拿到我面前，又让时间开始流动。

我下意识地掀开桌布看了看下面是不是还藏了别的什么，男友继续说道："其实这不是我第一次暂停时间了，之前我做过好多次同样的事情，都是在和你约会时无意识发生的。刚才是我第一次有意识地使用能力，我确定了一点：这个超能力只有在你面前，才能随心使用。"

"这么神奇吗？"我问。

"是的，我和你分开之后也尝试了很多次，都不成功。"

我想了想，和他说："也许你的能力就是为我存在的。"

男友说："我能让时间暂停，而这个能力只有在你面前才能发挥，我想这能力一定是为你而生的，是你激发了我的能力。"

我第一任男朋友也说过同样的话，可他却没在暂停时间时为我送过花。

我第一次恋爱是在大三，对方是大我一届的学长，我们交往了很久他才对我说："只要和你在一起，我就能让时间暂停。"

这男生是个典型的直男，脑回路清奇，我对他说："你证明给我看。"他点点头，打了个响指。再一眨眼，身边女生的长发被齐耳剪断，掉落一地。

半晌过后那女生和她身边的朋友才反应过来发生了什么，随即爆发出刺耳的尖叫，我前男友冲我得意地笑笑，拉着我就跑。

相比这种不可理喻的恶作剧，我当然更喜欢面前这捧玫瑰。

纪念日之后几天，好多新闻的社会版都发布了同一条新闻，寻人。

一个流浪的老妇人神志不清，有好心人询问她的姓名和住处，她却没办法给出一句完整的回答。她就一个人蜷缩在墙角，嘴里发出"呜呜啊啊"的声音，偶尔夹杂着几个完全没有关联的词汇。如果只是这样，可能也只是个普通的走失老人。可就在周围人们录制小视频，拍摄照片的时候，这个老人突然显露出不符合年龄的敏捷。她先是爬起身来四处躲避人们的镜头，直到后来避无可避，她竟然暴起打掉了录像人的手机，然后骑到那人身上，两手死死地卡住对方的脖颈。

后来许多当事人回忆，那绝不是一个老人的力量，最后三四个小伙子合力才把老人拉开，那个被老人压住的人脖颈上留下了深深的指痕。

这个老人的亲人至今也没有找到，更让人惊奇的是，医生判断老人的生理年龄已经超过了两百岁，至今她仍在公立的养老院里苟延残喘，每天除了维持生命必需的饮食、排泄和睡眠之外，她就静静地窝在房间角落。她对所有摄像头都充满恐惧，无论是手机、相机还是摄影机，甚至是房间角落里的监控，都能让她爆发出不符合年龄的力量。养老院只能靠掩盖起来的针孔摄像头来观察她的一举一动。

她在养老院撑了不到一个月，某个早上护士例行检查时发现她已经死在了角落里，没有遗言，没有亲人，没有身份。

看到这则新闻时，我和男朋友在一起，他拿起手机指给我看，说："你看这老太太穿的 T 恤，和你给我买的这件一样。"

我笑着说这 T 恤十年前就有了，爆款，你不知道等于没有童年。

那是一件印着卡通兔子的 T 恤，我没告诉我男友，一样的 T 恤，我卧室的衣柜里还有十几件。

当男友掌握了时间暂停之后，我们进行了许多不同的实验，比如把路人的假发摘掉挂到某家店的招牌上，或者在某个文身大哥的花臂上用油性笔画个小猪佩奇。我跟男友约法三章，他在想要暂停时间之前一定要告诉我，我不想在自己毫无知觉的情况下时间被静止，这很没有安全感。 这很尚不趣。

男友答应了我，除了有一次，为了追路上的抢包贼，他直接扑了出去，那个贼被他的气势吓到，被他压在了身下。警察把贼带走之后，他不解地跟我说："刚才我发动了时间暂停，可就是没成功。"

我握着他的手，说也许是因为紧张，刚才那一幕太惊险了。我让他以后不要这么莽撞，万一超能力不成功，很危险。

他没听见我说的话，还是默默地琢磨刚才发动超能力失败的事情。

"到底怎么掌握触发超能力的开关？"他喃喃自语。

我叹了口气，知道时间可能不多了。

小学的时候我有过一个粉色的美少女战士双肩包，那是妈妈还在时给我买的少有的几件东西之一，开始时我和其他小朋友一样，把双肩包天天背着，上课也要靠在椅背上，可没过多久，我就感觉到针刺般的不舒服。

很久之后我才理解到这种刺痛感来源于同学们羡慕的目光，而这些令我难受的视线并不是针对我，而是针对我的双肩包。

那个双肩包是属于我的，别人只是看看也会让我不舒服，当我了解到这一点之后，我把那个双肩包藏到了书桌洞里。

可这并没能让我开心多久，即使只是下课十分钟离开教室，桌洞里的双肩包就会让我有种灼烧般的不安全感。最后我思考了很久，只能把那个双肩包拿回家里，藏在了床底下的箱子底层。

当这个双肩包被压起来的时候，我突然有一种安心的满足感，我想这就对了，这才是它应该在的地方，只属于我一个人。

这些事情我跟我男友说过，他摸着我的头说我可爱。那天他

谁没有呢？

就坐在我卧室的床上，听我说完之后便想看看那个箱子还在不在床下，他俯下身的那一刻，我不由自主地浑身颤抖，那股针刺般的感觉刺痛了我，我一把拖住了他。"没什么好看的。"我尽量让自己不表现出任何不妥，可还是脸色铁青，嘴唇发白。细心的他注意到了我的变化，虽然他永远也无法理解这变化的原因是什么。

他问我："你怎么了？是不是不舒服？"

我的视线无法聚焦，只能点点头，说："今天我有点儿难受，你先回去吧。"

那是我第一次赶他走，他离开前欲言又止，我当时只在意自己的双肩包，没注意到他在偷偷地暂停时间。

这时距离他失踪，还有不到一周。

那天男友走后我躺在沙发上，一边看电视一边和他微信聊着天。

电视是几天前我新买的，超薄，宽屏，色彩画质极佳，花了两个月的工资。我挺多年没看过电视，刚买回来甚至弄不明白操作界面。在我的印象里，电视机还只能收看几十个台，节目都是固定的。

他问我在看什么，我告诉他我在看小时候看过的一部纪录片，讲昆虫看到的世界是和人类完全不同的，拍摄者猜测是否可以通过模拟蜜蜂和螳螂复眼的方式，制造一种拥有无限景深、可以进行超广角拍摄的相机。

过了一会儿微信响了，"我想跟你商量点事。"男友说。他的初恋女友到这个城市出差，想约他吃个饭叙旧，"如果你不乐意我就不去了。"

我暂停了节目，回复他："你想去就去啊，不过你去哪要告诉我，免得我担心。"

"放心，我们俩明天十点在公园北门碰面，吃完饭我就去接你。"他说。

我想了想，输入"我想看看她的照片"发送，很快收到了一张自拍照。

在男友想看我的粉色双肩包之后没几天，我们又见面了，他看起来很疲惫，眼窝深陷。我们在常吃饭的店里坐下，他盯着我久久不说话，直到菜都凉掉了，我终于先忍不住了，我问他："你这是怎么了？也不吃东西，也不跟我说话。"

他摇摇头，笑着说："我有样东西要给你看，我要暂停时间了。"

我也笑了，点点头，等待他会给我什么惊喜。

眨眼间，时间的流动恢复了，他还坐在我对面，一动不动。我疑惑地看着他，又环视周围，什么变化都没有。

我给了他一个询问的眼神，他就直直地盯着我，盯得我发毛。

半晌过后，他也笑了："这几天我没去上班。"

我不明所以地点点头："然后呢？"

"我一直在家里搜各种超能力的资料。"他接着说，"都是些小报消息，都市传奇，没什么有用的。"

"哦。"我不知道应该回应什么，就等着他的下文。

"萌萌失踪了。"他慢慢地说。

我没有问他萌萌是谁，我当然知道萌萌是谁。

他把视线移开，盯着面前的盘子："那天我们约在人民公园北门碰面，几点来着？十点对吧？"

我没说话，我知道我只需要听他说。

"萌萌没来，她的电话也打不通。前天警察和她的家人找到我，因为她的通话记录里最后一个联系人是我。他们调取了我和她到公园一路上的监控，排除了我的嫌疑。监控显示她九点就到公园了，然后她走进了女厕，之后就再也没出来。"

"然后呢？"我问。

"公园里到处都是监控，她真的再也没出现，人间蒸发了。在她前后有三个人进了女厕，一个阿姨，带着她的孙女，第三个人是你。"

我叹气："你别想太多，我只是在意你，我怕你被她拐跑了。"

他喝了口水，像是下了很大决心，深吸一口气，对我说："我认为之前我一直都错了，有超能力的不是我，是你。"

这时候我和他正式确认恋爱关系不到两个月，他知道自己有超能力不过一个月。

他说："你知道吗？从咱们刚才进到这家店到现在，我尝试了无数次暂停时间。但是我都没有告诉你，这些都没成功。只有一次，就是刚才我告诉你那次，我成功了。"

我拿起桌上的饮料，咬住吸管，却一口都没喝进去。

"我第一次怀疑这件事情是在你家，那时我真的只想恶作剧一下，暂停时间看一看你说的粉色双肩包。所以我没告诉你我在暂停时间。我爱你，所以你提出的条件我从来没质疑过，那也是第一次我瞒着你暂停时间。"他略微停顿了一下，像是下了很大的决心，继续说，"至于刚才，我只是想确定一点，就是你知不知道自己有这个能力。"

我把饮料放下，看着他的眼睛，他的瞳孔里倒映出了我自己。

他说："萌萌去哪了？"

我说："你还想看上次我和你说的那个粉色双肩包吗？"

我男友是对的，有超能力的是我，不是他。

我能将我所拍到的人困在照片里，只有我删除照片，他才会从定格的照片中逃离出来。

第一次发现这个能力是因为妈妈带回家的数码相机，她和爸爸在我很小时就离婚了，一直一个人带着我。

这个数码相机不是她买的，是她的男朋友送的。她男朋友是个儒雅的男人，说话得体、落落大方，会给我买礼物，也会在假期开车载我俩出去玩。

我挑不出他一点儿毛病，表面上也是亲切地叫叔叔，可我心中清楚，他和妈妈确定关系的时候就是我被抛弃的时候。我无法接受自己的东西被人抢走，可却毫无办法。

直到那天妈妈让我帮她照一张照片传给叔叔，我摆正镜头，按动快门，随着"咔嚓"一声快门响，我面前的妈妈突然消失不见了。

当时我完全不知道发生了什么，直到看到手中的相机，妈妈还在刚才那张拍下的照片中四处张望。我看到了她慌张的样子，她在小小的照片中茫然四顾，不小心踢翻了椅子。然后我听到"哐啷"一声响，我面前现实中的椅子也凭空翻倒了。

我好像明白了什么，删掉了照片，妈妈又出现了。

她嘴巴大张着完全说不出话来，我举着相机静静地看着她。

她是真的被吓坏了，连说话都结结巴巴："姑娘……刚……刚才，刚才好像……好像……时间静止了。"

我低头看看相机中的照片，妈妈已经不在里面了，再看看现实中惊慌的妈妈，我问她："妈妈，你爱我吗？你爱我还是爱叔叔？"

她显然还沉浸在刚才的惊慌中，随口敷衍了一句："我当然爱你啊。"

听着她的回答，我开心地笑了，我对她说："那你就永远和我在一起吧。"

我按下了快门，然后收起了那个数码相机。

我是站在客厅给妈妈拍照的，从她被关在照片中之后，客厅就没法再待人了，因为照片中的妈妈越来越狂躁，她无法从相框的范围内出去，也无法跟外界有任何交流，她的时间静止了。于是她把压抑的恐惧和愤怒发泄在客厅中所有能发泄的东西上，电视、沙发、台灯、窗帘，所有东西都被她打碎扯烂了，我不知道怎么办才好，只要我从客厅穿过，那些乱飞的东西也许会砸死我。

我对存活在照片里的她毫无办法，只能躲开她，忍受着每天客厅里乒乒乓乓的声响。直到有一天夜里，一切都不可思议地安静下来，我才发现事情不妙。

我打开数码相机，看到那张照片上的妈妈，正拿着碎玻璃准备割喉，我想她已经受不了永恒静止的生命了。可我既不想放她出来，也不能接受她就这样死去。

情急之中我想到了一个办法，我把相机的系统时间调到了二百年之后。当我保存设置时，景物没有变化，可妈妈却迅速地衰老了。

她一瞬间度过了二百年的时光，早已忘了自己拿起玻璃碎片的动机，于是她就僵在那里，我不忍心看下去，把相机收起来，后来就把她忘了。

直到纪念日后男友提起想到我家来过夜，我才想起妈妈还困在照片里。我从床底抽出了那个双肩包，包还挺沉，我把包倒过来，里面的东西"哗啦啦"撒了一地。

那里装着三部数码相机、六部手机。 一共9个

我挑出属于妈妈的那部相机，看到照片里那个老人，突然发现自己已经不认识她了。

"这不是我妈妈。"我这么告诉自己，然后趁深夜来到街上，按动快门把她放了出来，妈妈对流动的时间和空气表现出了无比的惊恐，只有身上那件卡通兔子的 T 恤依旧洁净如新。

我带男友回到家，一路上他都在念叨超能力和萌萌的问题，让我给他一个解释——为什么我只有你在身边，并且你知道的情

况下才能暂停时间？萌萌去哪了？

我牵着他的手，领他进屋，他想不通，完全想不通。

他坐在沙发上说道："她虽然是我的初恋，但我现在爱的是你。"

我问："和我不在的时候你试过吗？暂停时间。"

他说："我肯定试过啊，我想这种能力如果能随心使用，那我不成神了，想要什么就有什么！"

"结果呢？"

"就像刚才我说的，只要和你分开就完全无法使用。即使和你在一起，不告诉你的情况下也用不了！"

"你搞错了，我真的不知道什么超能力，我知道萌萌出事了你很担心，可也不能证明就是我做了什么啊。"

"我给你的老师打过电话，看了你这几年的微博、你学校的贴吧。你的前几任男朋友都去哪了？你妈妈去哪了？你到底是谁？这是不是你的咒语？"他越说越激动，紧紧攥着我的手，我的手指被捏得生疼，"我可以不报警，你告诉我真相，咱俩以后在这世上想怎样就怎样！如果你不说，我现在就打110！"

我费力地把手抽出来，直视着他的眼睛，问："你爱我吗？"

他被我的问题问得不明所以，思考了一下才回答："爱啊，怎么不爱。你先告诉我这超能力是怎么回事，你肯定知道。"

我站起身来后退两步，拿起手机，打开相机，对他说："我先给你照张相吧。"他愣住了，转过头来迷惑地看着我，阳光从身后半开的卧室门照进来。

两天之后，他的家人依然联系不到他，于是报了警，警察排查了将近半个月，我男友就像人间蒸发一样，遍寻不见。

7

　我的大衣柜里有十几件兔子T恤，每交一个新男朋友，我就会送他们一件。

　无论是我的初恋男友，还是经常在体育馆备品室幽会的男友，或者现在这个质问我超能力到底属于谁的男友，他们都会穿着那件T恤，这是我给属于我的东西打下的烙印。

　我偶尔也会阻止他们，就简简单单地把系统时间向后拨，他们对恍然而过的时间毫无办法，没有几个人能在数百年后依然保持清醒。

　我之前有一任男友是酒吧歌手，有一副沧桑的烟嗓，至今他仍在照片里深情地演唱和表白，可惜照片没有声音；而另一个则十分聪明，他被我困在了荒无人烟的山顶，但在得知自己无法脱困之后，他用石子在地上摆了一句话。

　"我爱你，放我出去。"

　我当时真的被感动哭了，"我也爱你。"我在镜头外对他说，正是因为爱他，我更不会让他离开我身边。

　他们就活在我的照片里，永远属于我。

　我男友失踪五天了，刚开始时他和其他人一样，会疯狂地破坏屋子里的东西，他想借这个来引起我的注意，也许现在他发现这毫无作用，便安静了下来。

　我可以说很偏爱他了，因为他是唯一一个被我关在家中的男友，不过他显然不知道自己在我心中的地位，自从被困在照片里之后，他从来没说过爱我。

无论我在做什么，每隔一会儿都会打开手机看看照片里的他，他时而惊恐，时而颓唐。这天我正在街上溜达，掏出手机发现男友和我妈妈一样，正准备拿碎玻璃割喉，那片尖锐的玻璃就在他的喉咙处抵着。他背朝镜头，躺在地板上，手在颤抖，正在下着去死的决心。

　　我熟练地打开设置，把系统时间向后调了二百年，正打算按下保存的时候，一个小哥哥走到了我面前。

　　他笑着对我说："咱们是不是在哪儿见过？"

　　那天的阳光很温柔，有微风轻抚发梢，我看着眼前的男人，在他的眼睛里看见了自己的倒影。

　　我退出保存界面，笑着说："你这个搭讪太老套了。"然后欣赏着小哥哥的羞涩眼神，心里想着晚上回家可要把地板好好收拾收拾了。

　　手机铃声响起，屏幕显示小哥哥的名字："周末你有空吗，我买了两张电影票。"

　　"好呀！"我夹着电话打开门，灯光充满了屋子，卧室门开着，风裹着雨从窗子灌进来，吹起白色的窗帘，我挂掉电话走过去关窗。

　　"你回来了。"一个烟嗓在我身后响起，伴随着很多不同的脚步声。

　　我没有转身，把手机切换到相册里男友的照片上，照片里的男友坐在地板上，朝镜头外微笑。身后半开的卧室门里露出一角床单，他面前放着三部数码相机、六部手机，粉色的双肩包被扔在旁边。

和其他男友比起来，他的生存环境太差了。这张照片谈不上构图考量，背景歪斜，人像过大。我能想象他存在的空间，紧贴头顶的天花板，歪斜的墙壁，脚下刚够躺下的地面，还有卧室门缝露出来的一小块空间。

他在不久前发现了卧室床脚下不被允许翻看的粉色双肩包，并对这个双肩包里的东西产生了兴趣。

他很聪明。那些在照片里摆出"我爱你，放我出去"的男人、在墙上写血字控诉的男人、举牌表白的男人、唱歌的男人让他意识到了自己所处的空间并不是自己熟悉的现实世界，而是手机照片中静止的空间，他不知道如何从中脱困，但他知道怎样能让我困扰。

他删除了每部手机和相机中我前男友的照片，现在那些被我囚禁在凝固时间中的男人全部出现在了我的卧室里。

"照片里天不会黑，岛上阳光太刺眼了。"
"体育馆隔间太小了，我都不能躺下睡一觉。"

每个被我囚禁的男友嘴里都是毫无意义的喃喃自语，像行尸走肉一般朝我扑过来，经年累月的囚禁让他们失去了神智，只留下对我的仇恨。

我举起手机想要把他们再关回照片之中，可一见到手机，他们就变得更加狂躁，我还没来得及按动快门，手机就被打飞了。他们把我按在地上，疯狂地捶打、撕扯我的身体。我挣扎着往外爬，拼尽全力抓住手机，可被按在地上的我找不到一个角度能把他们全部框在手机里。钻心的疼痛让我没时间寻找其他办法，我调转手机颤抖着给自己拍了这辈子第一张照片。

随着"咔嚓"的一声快门响，身边的一切都仿佛凝固下来，身上的重量霎时全部消失。

我晃晃头，撑住地板试图坐起来，脑袋重重地磕在一个坚硬的平面上。

现在我的身下是地板，右手边是白墙，左手边是半个沙发。而我的上方，我抬起头，那里什么都没有。

相机中的一切就是现实的 1：1 复刻，我们用相机勒出一个方框，把现实复制进来，精准又客观。这里没有空间的延伸，你框下什么，就只有什么。

我这张慌忙中为了自救拍下的照片是标准的自拍角度，镜头几乎被我自己占满。整个照片中的空间，狭窄到我无法自如地转动身体。

现在我只能趴在这里，周遭是无形的墙壁。我被困在这个方框之中动弹不得，这里是我的棺木。

所以，尚不趣进入到相机了吗？

但事情反该没那么简单吧！

完

242

NUMBER

大战虚数空间

南兴街小说家

郑皓告诉我，如果想俯瞰整个世界，就得找到那个虚数。

001

郑皓总是跟我说，咱们只能看到世界的一部分，不未必真实。每当这时候我都不回应，因为我心里一直有个规矩，不和有钱人谈人生。

郑皓是个商人，成功的商人，我们之所以能成为朋友是因为一次采访。

我当时要给新小说取材，小说中有一个用来发泄怒火的角色，正巧当时郑皓来作家协会开会，我在看到他的手表和车钥匙之后，就决定拿他来当原型。

会后我们互相留了联系方式，我把他当金主，他也乐得施舍，

郑皓说世界未必真实，尚不趣则在混淆虚幻与现实。

244

就这样满打满算到现在也有五年了。

郑皓是个热爱写作的伪作者，他根本写不出什么东西，能来作家协会参会也是因为每年缴纳的可观赞助费。

不过最终我也没能将那本以郑皓为原型的书写完，三年前我中断了写作，至今一笔没再动过。而郑皓在去年冬天，被送进了市里的精神病院。

之后我去探访过他几次，可他每次都拒绝见我。准确地说，他拒绝跟任何人交谈。

从进医院开始，他就没再说过一句话。

他被送进精神病院挺突然的，作为他少数几个亲近的朋友，我也并不知情。

据说是他的一个助手送他进去的，在确诊之后才放出消息来。

四十岁的单身成功商人，被送进精神病院接受治疗，这有成为大新闻的潜质，可实际上并没激起什么水花。

我作为一个猎奇向悬疑小说的作者，本来还将他那个助手当成了潜在的嫌疑犯，可他对财产分文未动，公司也由郑父直接接手。不过没过多久郑父就将所有财产套现了，毕竟他没有自己儿子经商的手段。

而他的助手在这之后就彻底消失了，既然警方都没有怀疑他，我也就没想过要寻找他。

我其实不太在乎这件事的真相，就像郑皓说的，谁都只能看到世界的一部分。

直到上个星期，事情出现了一点儿变化。

我和几个一样不入流的作家喝完酒，回到家时已经是凌晨两点多。我至今还住在父母留给我的老房子里，没有电梯，我一层一层往上爬，爬到我家楼层的时候，发现暗处影影绰绰有什么在动。

酒精上脑，我根本没害怕，晃晃悠悠地去开家里的门，那个影子这时凑了过来，我吓了一跳。

那是个身形佝偻的男人，楼道里昏黄的声控灯给他的脸罩了层不真实的光。我的心"扑通扑通"狂跳，人却僵在那儿，他凑近了我才看出来，是郑皓那个失踪的助理。

我松了口气，至少还是个人。

他之前是个挺拔的年轻人，现在看至少老了二十岁。他在我跟前，双手捂着脸，身体一抖一抖的，像是在哭泣。

我向他询问，他才停止了颤抖，就那么静止在那儿好一会儿，直到声控灯都灭掉，我只能借着安全出口的幽幽绿光看见他的轮廓。

他双手捂着脸，嘴里低声呢喃。

我听不清他说什么，凑近了一点儿。他反复呢喃着同一句话，声音逐渐变大，直到声控灯又亮了起来，直到我将那句话反反复复听得分明。

他说："真相就在数字里。"

真相就在数字里。

我去过尚不趣的家里，那里也没有电梯。

这时候我酒已经醒了，身体开始唰唰往外冒冷汗，我觉得自己不应该再继续站在这儿了，就和他点了点头，说自己喝醉了，有什么事儿明天说，便转头开门。

也许是喝醉的缘故，钥匙总是插不进锁孔。我太专心开门，以至于没发现他的呢喃声什么时候停了。

太安静了。

我突然不敢回头，我意识到背对着这个奇怪的人开门简直太愚蠢了。

我停在那儿，直到声控灯又灭了。

这时我身后响起了"滴答滴答"的声音，有什么东西滴落到地上。

我深吸一口气，把钥匙握在手中，把钥匙齿当作简易的武器，然后我鼓起勇气回头看。

"啪嗒"一声，声控灯又亮了。

郑皓的助理双目无神地盯着我，嘴半张，有血流出来，淌了一下巴。

他的手里拿了把刀，刀上也都是血，我下意识地退了一步，再看地上，有半截舌头。

他刚刚割下了自己的舌头。

003

我是个不入流的小说作者，平时靠写一些低俗猎奇的悬疑故事维持生计。一次偶然的机会，我参与了一个半成品项目，说是半成品，是因为之前的作者半途而废。

那个项目是给一个本地的商人写传，我去找他取材时立刻就明白为什么上个作者退出了。

这个商人对自己经历的讲述极其不真实，这在我看来是不合常理的。

但我最终还是按他的意思写完了整本书，这也是我唯一的一部长篇，这本书带给我一笔收入，同时也因为讨得了甲方的欢心，他将我推荐到了作家协会。

我就是在这儿认识的郑皓。

郑皓出入作家协会总会带着那个助理，我们算点头之交，他办事周到，话不多，我们的关系也就止于此。

至于他为什么会在我家门前割掉自己的舌头，我完全没有头绪。

警察听我说完这些，也没再问我什么问题，他把笔录给我让我签了字，很快我就被放回了家。

回家之前我问了一句："那个助理现在怎么样了？"

送我出门的警察摇摇头，他说："既然跟你没关系，就别问了，回家睡一觉，醒醒酒。"

从警察局出来时天都亮了，宿醉加上半宿的询问，我整个人都已经馊了。说真的，自从傍上郑皓之后，我从没这么狼狈过。

郑皓家庭完满，可他本人却透着股疏离的劲儿，也许是财富过于庞大，让他对身边的人——包括亲人——充满了戒心。据我所知，他算得上亲密的人只有两个，一个是我，另一个就是他的助理。

我到现在都不知道他助理的名字，只知道这个助理很早就跟着他了。郑皓起家之路并不算艰难，他只是在每一个节点上都做了正确的选择，比如股市、房产、比特币。他总是幸运地在开局时入场，在崩盘前退出。

这期间助理一直跟在他身边，要说谁能猜测到郑皓的心思，也就只有他了。

至于我，更像是郑皓的一个消遣，我对他的价值只在于有趣。

在跟郑皓认识的前两年，我都没得到过什么好处。他其实为人并不吝啬，只是对于钱财的支出有自己的规则。

他的规则就是看心情。

我真真正正地从他身上拿到钱，是因为一个故事。

那天我们在一个咖啡馆见面，我稿费早花光了，就是想混一顿饭。他来得晚，坐下之后眉头紧锁。我这时已经点了一桌子东西，想着他要是一直闷闷不乐我就得自己付钱了，便提议给他讲一个故事。

他饶有兴味，我信口开河。

那是个我擅长的俗套猎奇故事，关于一个男人。男人喜欢一种奇异的雕塑，这种雕塑不追求真实，而是追求完整。

就是把一个人的所有面，所有细节都展示出来的那种完整。也就是说在他手中塑造的所有人物，每一寸肌肤、每一条血管，甚至是骨骼都要完整细致地呈现。

可他不满足于雕塑，于是开始用真人来做实验。这么做了几次之后，他认为还是没法达到自己所追求的美学，最终他找到了自我升华的办法，就是将自己也完整地呈现。

最终他把自己做成了一尊"摊开"的雕塑。

郑皓听完这个故事罕见地瞪大了双眼，他说这种感觉他懂，只不过他没疯狂到真的这么做。

我说故事听完了，请我吃饭。他笑笑不说话，叫助理甩给我一张卡。

我到现在也没具体查过那张卡里有多少钱，不过一定够我日常开支。从那之后，我就没再写过书。尚不趣喜欢的老梗。

那天分开的时候郑皓问我："你说，（高维生物）看咱们，是不是就能看到咱们的所有面？像你故事里那个男人热爱的雕塑一样，所有细节都暴露无遗。比如看二维生物，咱们是站在整个二维世界之外，对他们一览无余。"

我心里"咯噔"一下，可表面上云淡风轻，我说也许吧，但谁知道呢。

在警察局录完笔录回家之后，我在沙发上睡了一天，天黑时才醒过来。打开手机，四个未接来电，两条短信，都是来自精神病院的医生。

他说昨天晚上郑皓在自己的病房里消失了。

004

一年前——也就是郑皓进精神病院之前——他曾经和我有过一次长谈。

当时他约我去了家里，他家里就他自己。我去的时候他坐在沙发上，茶几上有开了的红酒和两个杯子，不过显然他还没喝。

我给自己点了根烟，拎了把椅子坐在他对面，什么话也没说。

和他认识的这段时间，我已经习惯了他矫情的长篇大论，我也能给他捧个乐呵，毕竟他是我唯一一个大金主。

我正猜测他今天又有什么高论时，他开口说话了。

"你知道什么是时空的维度吗？"

我点点头："一维是线，二维是平面，三维是咱们，四维说不准，谁也没见过。"

他也点点头，像是认可。

我补充道："自从《三体》火了，'降维打击'这词儿一出来，这些知识已经人尽皆知了。"

他没接话，自顾自继续说："咱们这么说，假设有一个生活在二维空间的人，他有一天突然发现一个黑点在世界上忽大忽小，不停闪烁，他会怎么想？"

"天灾吧。"我敷衍道，完全不清楚他为什么突然开始研究起物理。

"他是二维生物，他的世界就是一个平面，这个忽大忽小继而消失不见的黑点在他看来，是完全不符合物理规律的，是神迹。"

"嗯，他遇到神启，开创宗教，成了二维世界的耶稣。"

郑皓没看出我的不耐烦，继续兴致勃勃地说："对于这个黑点，他穷尽一生的知识也没法得出结论，但如果他能切换到三维视角，如果他是个三维生物，那一切就显而易见了。"

"嗯？"我终于有了点儿兴趣。

他看我终于来了精神，高兴地喝了口酒："那只是一个三维的球体穿过二维平面留下的痕迹。球体刚接触平面时，接触的部分呈现出来的是一个小黑点，然后球体慢慢穿过平面，接触面积越来越大，到达球体最大直径时便是最大的黑点，接着又逐渐变小，最后消失不见。"

他说完就停下了，我知道他是在等我的回应。

我思考了一会儿，问他："你的意思是在咱们的世界里，许多科学无法解释的事情是因为受到了更高维度生命或物体的干预？"

"啪！"他打了个响指。

"你知道 M 国公路上有一个地段叫'魔鬼三角'吗？据说所有路过的车辆都会被一股神秘力量抛到空中，然后摔下来。"他用手在半空画了一个抛物线，"我们是不是就可以这么解释，是高维度空间的某样东西导致咱们的空间扭曲了？"

"嗯……"我思考了一下要怎么回应他，但他没给我机会。

他接着说："这都不是我今天要和你说的，因为这些根本无法证明。我要跟你说的是，我找到了跨入更高维度空间的钥匙。"

"哦？"这是今天整个对话里真真正正让我好奇的一部分。

"咱们只能看到世界的一部分，如果想俯瞰整个世界，就得找到那个虚数。" *数字？例如彩票号码？*

那天回家的路上我有点儿恍惚，我根本没去思考郑皓说的是什么，可眼中的世界却完全不一样了。

我失去了形体，像是一个点，又像是一条直线，世界折叠，又展开，我像一个盲人。

之后没过多久，我就接到了郑皓被送往精神病院的消息，他毫无缘由地整夜整夜无法入睡，焦虑折磨着他，他却一言不发。

005

看到那条说郑皓消失的短信之后，我直接赶到了医院。医生告诉我他们已经报警了，不过警察还没到，在这之前我可以看看郑皓的病房。

郑皓的病房在二楼的拐角处，有一扇窗户正对着医院的草坪。我打开灯，刺眼的白色节能灯"啪啪"闪了几下，终于稳定下来，我也终于看清了屋内的陈设。

这是一间普通的单人病房，靠在墙边有一个单人床，床上铺的是整齐的白色床单，床头有一个三层的床头柜。我摸了一下，材质很特殊，边角都做了处理，是为了不让精神病人做出伤害自己的事情。

其余便没有什么东西了，房间里没有人居住过的痕迹。

我问医生是怎么回事，医生叹了口气，给我讲了他们发现郑皓消失的经过。

精神病院的病人是分保护等级的，每个等级有不同的权限。主要区分标准是意识是否清醒及是否会对自己或他人做出攻击性行动。

郑皓进了医院之后一直是最低的保护等级，因为连医生都看不出他和普通人有什么区别。

和在家中时的焦虑不同，自从来到精神病院之后，郑皓出奇的平静，除了一点，他几乎不说话。

他的主治医生和我说，他曾引导过郑皓和自己交流，因为经过反反复复地检测，郑皓没有任何病理上不能言语的缘由。

但所有的引导手段在郑皓身上都没起作用。

"其实郑皓还是告诉了我他不愿说话的原因，就一次。"医生对我说。

"因为什么？"

"他说他害怕某个数字从他的嘴里漏出来。"医生说道。

然后医生接着给我解释，他认为郑皓是陷入了某种认知障碍，导致他的潜意识中认为，某个数字如果被讲出来就会导致一些无法扭转的后果。他曾多次给郑皓解释，如果只是一个单词，或者一个数字，甚至一句话、一段声音，都不会对他自己造成什么影响。每当这时候，郑皓只是摇摇头，他对医生说："你认为如果还有一个空间重叠在咱们的世界上，应该是什么样子的？"医生回答他，如果那个重叠的空间我们感受不到并对我们无法造成影响，那是否存在的意义并不大，我们还是应该尽力过好自己现有的生活。

郑皓这时兴奋起来，说："只要你念出那个数字，就能感受到。"

尚不觉对
数字也有执
念。等等，难
道地……

医生摇摇头，郑皓凑到医生耳边，低声说了句什么。

他们的对话到此结束，这是郑皓来到精神病院之后唯一一次和医生交流。

"他和你说什么了？"我问道。

医生开口想说什么，可又皱了皱眉："我当时明明听得清楚，可现在记不起来了，好像是一个数字。"

医生陷入了回忆之中，可一直没什么结果。

"那讲讲关于他失踪的事情吧。"我点了根烟，对医生说，我想岔开这个话题。

医生叹了口气，说昨天晚上他不值班，护士查房时，郑皓还在房间里，可今天早上打开门时，郑皓已经不见了。病房内没有监控，可走廊有，他们查遍了监控，也没发现郑皓的身影。

"简直是灵异事件。"医生说道。

我点点头，烟已经快烧完了，烟灰攒了好长。我起身去拿烟灰缸，就在这时，我听见"砰"的一声巨响。

再抬头看，医生已经不在座位上了。

他横着飞了出去，撞倒了椅子，直飞到墙边的柜子上。那就像是医生所在世界的重力变成横向的，他掉了下去，砸到了墙上。

不仅是砸到墙上，他的身体穿过了柜子和墙壁，不是那种破坏性的穿透，从我的角度看，仿佛医生原本就和墙壁是一体的。

我走过去观察，发现真的是这样，医生的上半身还在我面前，而下半身已经到了墙壁的另一边，相交的部分没有任何痕迹，完完全全是一个整体。

他没有死，意识也是清醒的，他伸手向我求救，我躲开了他的手，我害怕这是某种诅咒。

"我怎么了？"医生反复念叨着这句话，然后隔壁传来了刺耳的尖叫，我猜是某人看见了医生穿墙而出的下半身。

我帮不了他，于是匆匆离开。一会儿警察便会赶到这儿，我不想给自己惹什么麻烦。

006

刚才发生的怪事让我对郑皓的消失有了些头绪，我从医院出来便驱车赶往郑皓的宅邸。

他的房子坐落在郊外，离市区有些距离，大多数时候他不会住在那儿，可我知道，他所有的私藏都在那里。

到达的时候天色已晚，我穿过大门，直接上了二楼。二楼一间带锁的房间是郑皓的收藏室，我穿门而入，扫视房中，一下就注意到了箱子下面那张发黄的羊皮纸。

我把那张羊皮纸拿出来，上面只有一个方程：$r=a(1-\sin\theta)$。

我叹了口气，这时郑皓出现在了我的身后。

"我没想到你这么快就能发现这里。"他对我说。

我叹了口气："也许我只是比你想象中聪明一点。"

郑皓笑了，他打了个响指，我觉得世界一晃，然后看见了自己的后脑勺。

我尽量镇定。"这是某个高维生物扭曲了我周围的空间吗？"我问。

他不答我，明明我们之间隔了几米的距离，可他稍稍一抬手便拿到了我手里的羊皮纸。

这时他才对我的猜测表达了赞许。

他说："不是某个高维生物，是我，扭曲空间的，是我。"

"还记得我给你讲过的那个球体穿过二维世界的例子吗？"郑皓接着说，"现在我已经跨越了维度，在我的眼中，原本的世界就像一张纸，所有的细节都平摊到了我的面前。我只要将纸张稍稍折一个角，你们世界里的所有规则都会崩溃，而我可以对你们这个低维度的世界予取予求。"

"你怎么做到这一点的？"我问。

他哈哈一笑："我早和你说过，想要跨越维度，只要找到那个虚数就可以，我找到了。不过和我本来想象的不同，不单单是维度的变化，这里完全是另一种样子，我放弃了四维五维的概念，我叫它'虚数空间'。"

郑皓在我面前展开那张羊皮纸："其实虚数空间一直存在，它和我们的世界是重合但互不干扰的，我们意识不到它的存在，但因为其本身的高维度属性，只要我们进入了虚数空间，便能从所有角度俯瞰这个世界。"

我想起了那次长谈中他对我说的话："如果想俯瞰整个世界，就得找到那个虚数。"也许从那时起，他就开始寻找进入虚数空间的方法。

"读出那个虚数便是穿越空间的钥匙。这让我能在现世和虚数两个空间中来回穿梭。而那个虚数，就在这张羊皮纸上。

"只要我将空间折叠，从医院逃出来只是朝哪个方向迈一步的问题，而那个被插进墙壁里的倒霉医生，不过是我给你留下的线索。你和其他人不同，你应该跟随我到达更高维度的世界。"

我对他的邀请不置可否，我问道："除我之外，你还邀请了谁？"

说到这里，他面露不悦，他说："他没有接受我的邀请，可在我告诉他之后，那个虚数已经无法从他脑海中根除。剩下的你都知道了，为了不念出那个数字，他在你面前割掉了自己的舌头，他还以为你有能力救他。"

我知道他说的人是那个助理。

郑皓接着说道："他没办法接受虚数空间对他认知上的毁灭打击，但我相信你可以，我邀请你参与我的计划。"

"你想做什么？你不缺钱，不缺权力，你是人生赢家，我不懂你还想得到什么。"

我问到了点子上，郑皓笑了，他指着我说："我说了你一定会想到这一点，我什么都不缺，我只是想让世人看到世界的真相。"

我倒吸一口凉气，突然明白他想要做什么："你想将世界上的所有人都拉到虚数空间里。"

"对，相比这个世界虚假的秩序，我要让所有人都接触到真实的混沌。"

"你没办法让所有人都念出那个虚数。"我故作镇定。

郑皓笑道："那个虚数一直都存在，只要我对咱们的世界稍做扰动，将那个虚数投影到所有人的眼中，他们自然会将其念出来。在虚数空间里，每个人都会看到世界的真相，一切会归于混沌。"

卡片上也提到了混沌。

接下来便是沉默，我们注视着对方，他在等我的回应，而我学着他刚才的动作打了一响指。

我确信此刻他会看见自己的后脑勺。

我对他说："你这个房子，从大门到这间收藏室，全都门窗紧锁，而那张羊皮纸压在箱子最下层。你想没想过，我是怎么进来的，又是怎样在不挪动箱子里其他东西的同时，拿出那张羊皮纸的？"

007

面对我的提问，郑皓下意识地回头看房门，其实这时能往来于虚数空间的他根本不需要回头就看得见，他显然还不适应这一切。

房门紧锁着，没有撬动的痕迹，连打开的痕迹都没有。

他茫然地看着我，半晌才说出话来："这张羊皮纸是我花高价收的，你又是怎么找到虚数的？"

我摇摇头，对他说："放弃吧，虚数空间不应该和现实重合，如果你执意要这么做，我有一百种办法让你无法干涉现实。"

"回答我的问题，你是怎么找到那个虚数的？"

我沉默了一会儿，对他说："从你这儿我才第一次听到这种重叠空间的办法，我没找到过那个虚数，我来自虚数空间。"

郑皓看到的我只是我在三维世界的投影，从始至终，我都了解另一个空间的存在。

"我果然选对了，我早就觉得你和其他人不同。"郑皓对我说。

"你错了，我阻止你只是因为世界太吵闹，而我想要一个安静的空间。"

我不想再和郑皓解释什么，现在他和我一样属于虚数空间，我首先要做的是抹去他在现实世界的投影。

这对我来说无比简单，就像他对精神病医生做过的一样，我稍稍拨动手指，改变了他周围的重力，他反向飞了出去，撞到桌子上直接咳出血来。然后我轻轻地推动手指，打算将他从现实中挤出去。

可我低估了他想要将空间重叠的决心。

他根本没做任何反抗，而是用最后的力气在天空中留下了那个虚数的投影。

那个巨大的虚数就映在湛蓝的天空上，这一刻，世界上所有人类，只要能看见天空，就看得见那个将世界指引向混沌的虚数。

我知道，两个世界要重叠了，除非你根本看不见这个数字，或者你像郑皓的助理一样割掉舌头，否则你根本无法控制自己跌入虚数空间。

看到这一幕，我放弃了对郑皓的控制，这已经没有意义了。

008

世界最终被同化了，我无法阻止。

除了郑皓之外的其他人没得选择，他们在无意间跨入了一个自己无法理解的时空。在这个时空里，所有的常识将不再适用。

我没再去追郑皓，即使找到他也改变不了任何事情。

现在无论是现实世界，还是虚数世界，都已经变得一样吵闹了。而我只想找到一个清静的空间。

我现在只想在我的世界里减掉那个虚数。

按照这个虚数的性质，只要我无法观测它，便能将它从我的生命中减掉，将我和这个因为重叠而已经混乱不堪的世界永远隔离开来。

我把自己的身体在虚数空间摊开，然后摘除掉自己的海马体。

海马体负责的是长时间记忆的存储转换定向功能，在摘除了海马体之后，我将会遗忘之前的所有记忆，包括那个虚数。

我将回到现实世界，而那时世界上几乎所有人都已经跨越到了虚数空间，我将再也见不到他们。

这是一个醒来时便会遗忘的梦境。

这一刻我无比安心，虽然我已经什么都记不起来。

总有一个世界属于我。

尚不趣？

附录
APPENDIX

蚂蚁屋

规则说，任何人不允许进入蚂蚁屋。但如果进入了呢?

蚂蚁屋有三条规则：

一、一旦蚂蚁屋诞生生命，不能随意摧毁。

二、任何人不允许进入蚂蚁屋。

三、再读一遍第二条。

　　我生活的时代可以说已经到达了人类文明的顶端——物质富足，疾病消亡，宇宙的真理近在眼前。

人类不必为了生存而发愁，也不必为了资源而争斗，一切都平静得像无风的湖面，波澜不惊。

极致的发展带来了极致的无聊，普通的娱乐活动已经满足不了人们日渐麻木的神经，于是一种新的游戏出现了——对战蚂蚁屋。

我叫郑皓，是对战蚂蚁屋的职业玩家。

蚂蚁屋是旧时代一种用于观察蚂蚁生存的道具，我们沿用了这个名字，因为两者的形式基本没有差别。

只不过我们在蚂蚁屋内培育的是文明，微缩文明。

蚂蚁屋大概四十厘米见方，从外面看就是一个普通的碳纤维黑色盒子，我们能将其与自己的神经视觉连接上，借此观察蚂蚁屋的内部形态。

即使是微缩文明，也逃不开基本的物理规律，一切都从宇宙大爆炸开始。

微缩宇宙由一个致密炽热的奇点爆炸膨胀产生，然后经过漫长的时间——可以通过技术手段快进，使其稳定下来，然后我们要做的是，选择一个区域播撒生命的种子。

这里便是分歧的开始，一部分人喜欢制作一些不一样的东西，比如和人类完全不同的硅基生命体，但由于没有人类进化史作为参考，这类蚂蚁屋的进程往往伴随着不可预计的随机性。

比如硅基生命体无法适应某些环境，导致种族灭绝或者科技发展停滞不前。

如果是在比赛里出现这种情况，基本就失去了争夺冠军的机会，因为孕育下一轮文明的时间同样漫长。当然这种漫长是在微缩宇宙的尺度上来讲，对于我们，可能只需要数月的时间；而在这段漫长的时间里，对手的文明很可能已经跨越了几次科技奇点，如果发生对战，科技发达的微缩宇宙将不会失败。

还有一部分玩家热衷于尝试各种新奇的科技树，比如魔法文明、蒸汽文明等等。这一类玩家被我们称为偏科玩家，他们的蚂蚁屋在面对某些情况时，可能会展现出无可比拟的力量，比如魔法文明对于各种天灾人祸的抵御能力超强，但面对另外一些状况时，这类蚂蚁屋却不堪一击。

我是一个均衡型玩家，不追求什么标新立异，我的蚂蚁屋每次都是按照人类历史的样子循序发展，所以我的成绩也很稳定，一直在各个联赛的中游徘徊。

对战蚂蚁屋的比赛其实很像旧时代流行的战略游戏，发展文明只是第一步，第二步则是各个微缩宇宙之间的碰撞。

比赛会规定一个时间，从生命出现时开始计算，也许是十万年，也许是百万年。

时间一到，对战蚂蚁屋的第二阶段就会启动，也就是不同文明之间的战争。

这是对战蚂蚁屋最精彩的部分，届时两个微缩宇宙会进行镜像重叠，也许是魔法文明对战现代科技，也许是蒸汽机大战硅基生命体。

我在比赛中只会繁育一个种族——人类，因为我相信不会有任何一个物种比人类更加好战。 烁皓、繁育、人类。

我有一个朋友肖阳，我们从小就认识，那时候蚂蚁屋还不流行，我喜欢玩一种旧时代的游戏叫足球，而他则是一头栽在学习上，在上学的时候，肖阳的成绩永远是第一。

对战蚂蚁屋出现之后，我和肖阳同时迷恋上了这个游戏，我痴迷于对现如今文明的复制，而肖阳则毫无悬念地在各个联赛上拿下冠军。

对战蚂蚁屋的创始人周博士在比赛之初定下了三条规则：

一、一旦蚂蚁屋诞生生命，不能随意摧毁。

二、任何人不允许进入蚂蚁屋。

三、再读一遍第二条。

在最初的发布会上，周博士特意强调了第一条规则。

"微缩宇宙内的文明和我们人类没什么不同，我们应该尊敬。所以只要你的蚂蚁屋内孕育出生命，就不允许中途依靠外力强制停止，如有违者，将按照宇宙伦理法处置。"

我一直觉得周博士设立的规则十分矛盾，因为即使我们不强行中断微缩宇宙中文明的发展，比赛时发生的战争也一定会将一方消灭。

肖阳同意周博士的说法，所以在选择物种时，他刻意避开了人类这个种族。

"不可避免的共情会导致我患得患失，患得患失的人无法赢得比赛。"他这么跟我说。

肖阳是个技术型玩家，总是剑走偏锋。他能在对战开始后立刻发现对方文明的弱点，然后通过调整科技树，针对性作战。

第一次参加比赛时，我的文明在发展了四千两百年后遭遇了第一次攻击，对方的文明已经三连胜，也就是说已经跨过了三个科技奇点。

我的激光武器和宇宙船在对方的攻击下不堪一击。不到十分钟，我的文明就被摧毁了，我只能按下重启键，那个黑色的方盒子里宇宙再次爆炸。

这时肖阳的比赛刚刚开始，我切换到他的比赛画面，他的对手是守擂成功七次的冠军，蚂蚁屋里的人类已经完成了空间跳跃技术。

战胜的文明可以续存，胜利越多，其发展的时间就越长。

肖阳蚂蚁屋里的文明只有三千年历史，照理说完全无法取胜，可进入游戏后，我彻底惊呆了。

肖阳制造了一种碳硅结合生命体，这种生命体的特性是隐藏与寄生。

对战初期，守擂人的文明根本没发现肖阳的入侵，肖阳的碳硅结合生命体安然落入对方的星球，开始了肆无忌惮的模仿和发展。

最后守擂人的文明毁于自负和猜忌，而肖阳的文明只做了两件事：隐藏和渗透。

从那之后，肖阳就没输过，他在冠军宝座上一直连庄了十二届，成为对战蚂蚁屋历史上当之无愧的第一。

十二次比赛后，我观察过肖阳的蚂蚁屋，发现属于他的文明依然是之前的样子。

肖阳笑笑："有时候战争的胜负取决于谁活得更长。"

我恍然大悟，却觉得十分无趣，这时我的蚂蚁屋因为总是被打败，才刚刚开始孕育第六波文明。

　　蚂蚁屋的玩家中还有一部分异类，他们不在乎比赛胜负，甚至可以说他们拒绝参加对战，他们的乐趣只是繁衍文明。

　　这部分人会受到警告，同时被取消持有蚂蚁屋的资格。周博士对此的解释是："任何文明的发展潜力都是无限的，如果任其发展，他们总有一天能跳出蚂蚁屋，对我们造成威胁。"

　　可即使是如此严厉的规则也无法阻挡这一部分玩家的决心，即便冒着被禁止接触蚂蚁屋的风险，他们也还是一如既往，寻找着物种进化的极限。

　　郭星辰就是这么一个人，他家的地下室里一共藏了六个蚂蚁屋，而他只用一个去进行对战。他从来不关心对战的输赢，因为他真正关心的只有地下室那六个微缩宇宙中文明的发展。

　　他是我的邻居，每天深居简出，直到警察闯进他的地下室，我才知道这一切。

　　按照规定，这六个蚂蚁屋会直接被安排进比赛序列，直到全部战败回收，而郭星辰虽然违规，但不会受到很严厉的处罚，毕竟我们的时代基本已经免除了几乎所有惩罚手段。

　　再见郭星辰时，他看起来和从前没什么不同，只不过身体内被植入了监视芯片，只能在被圈禁的范围内活动，而且终生不允许再碰蚂蚁屋。

　　这已经算是我们这个时代最严重的惩罚了，因为现在基本没有任何犯罪。

他所藏匿的六个蚂蚁屋被安排在下次联赛上逐队厮杀，直到只留下最后一个，这个文明将去挑战冠军肖阳。

我最后一次见到郭星辰的时候，他正在屋顶晒太阳。我作为社区代表之一对他进行家庭拜访，以观察他是否能接受被半拘禁的生活。

郭星辰见我爬上天台，招招手叫我过去。他问我的蚂蚁屋发展到什么阶段了。

我告诉他，我不擅长发展战争科技，我的蚂蚁屋总是因为战败被归零，最远的一次，也没能达到现实中文明发展的一半。

"这是你的幸运。"郭星辰笑笑对我说。

那天我们聊了很久，郭星辰讲了很多他对蚂蚁屋发展的经验，我受益匪浅。

只要和蚂蚁屋有关，郭星辰就很健谈，最后他问了我一个问题，然后对我说解答这个问题便算是毕业了。我表面上欣然应允，但心中却略有不爽，因为没人会承认他这个罪犯是导师，如果不是因为强制的社区服务，我甚至不会和这个犯人多说话。

从天台上下来时已是傍晚，郭星辰跟我摆摆手，但却没从躺椅上起来，我一个人走下天台，不断回忆刚才郭星辰给我讲述的经验。

郭星辰的经验其实对我的比赛没有什么帮助，他所做的是让蚂蚁屋中微缩宇宙的科技树无限趋近于现实，然后模拟现实中人类的发展，这一点上我们的想法有异曲同工之妙。

等我到达一楼时，发现门口围满了人，几架医用飞行器从远处飞来。我心里突然有些慌张，急忙钻进人群。

人群中心有一具已经摔得面目全非的尸体，我下意识地抬头看，这里正是我和郭星辰聊天的天台正下方。

郭星辰在我离开后从楼顶一跃而下，我看着他血肉模糊的尸体，想起了他最后问我的问题。

"你想过为什么不允许咱们进入微缩宇宙吗？"

郭星辰死后，我作为最后一个与他接触的人，受到了漫长的问询。

我事无巨细地向调查者复述了郭星辰曾对我讲过的话，唯独最后那个问题我没有提。

问询结束已经是几天之后，从警局出来我就接到了参加比赛的通知，我向联赛组委会表示，我刚刚进行了一轮比赛没多久，文明还没发展到可以进行战争的程度。

不过这个拒绝被驳回了，而我的对手就是肖阳。

我新一轮的文明刚刚进行到太空探索的初级阶段，最强的武器是核弹，面对肖阳必败无疑。

这一轮文明于我来说十分重要，因为只有这一次，我几乎完美地模拟了现实中人类的发展历程。

如果因为比赛被毁于一旦，我会十分心痛。

肖阳显然也接到了比赛通知，这时他已经因为蝉联对战蚂蚁屋的冠军而闻名世界，他像往常一样找我喝酒，而这时我已经做好了文明被毁灭的心理准备。

肖阳摇晃着酒杯，懒散地窝在我家沙发上，能看出来他对于比赛完全没什么压力，几杯酒下肚，他把话题引到了郭星辰身上。

"你们那天都聊什么了？值得警察审你好几天。"

我摇摇头："没什么有用的，作为一个老前辈叮嘱我几句吧。"

"他能叮嘱你什么？他连比赛都不打。"

我盯着肖阳，咽了一口酒，从小就是，我什么都瞒不住他。

"他让我不要进入微缩宇宙。"

肖阳歪着头，思考片刻："让我进去我都不会进，毕竟我的文明里连人都没有。"

我嘿嘿笑了："还是你机灵。"

肖阳放下酒杯："你知道人类历史上最大的弯路吗？"

我点头，历史课上都学过，虽然距今已经十分遥远。

人类历史上最大的弯路产生于第三次科技奇点爆发，那时虚拟现实技术空前成熟，而现实中的资源问题频繁出现，最终导致半数以上的人类躲入虚拟空间之中，文明至少停滞了七百年。

<!-- 手写批注：尚不趣的失踪？ -->

肖阳见我点头，又说道："我觉得不允许进入微缩宇宙就是在规避这方面的风险，因为技术已经不是问题，我们可以通过任何一台家用的空间位移设备进入微缩宇宙。但是进去之后会发生什么？我们可是那个世界的神啊。"

"去一个低等文明做创世神也没什么意思。"我敷衍道。

"用蚂蚁屋对战来规避微缩文明的发展这一点我是相信的，不允许微缩文明走得太远，就是对战的目的。"

"我的文明里人们还在拿核弹彼此威胁呢，一群土著。"

肖阳哈哈大笑，接着说："还不懂吗？安排你我的比赛是怕郭星辰对你有所透露，所以要第一时间毁掉你的蚂蚁屋。"

我不说话，这个原因我自然想得到，但据我对郭星辰的判断，他手里并没有什么值得一提的技术，这只是在摧毁一种思想的苗头。

　　"等你的文明被摧毁之后，就轮到我了。"说出这句话，肖阳有些伤感，他仰头将杯中的酒一饮而尽，"我的文明连胜已经超过了他们的预计，他们害怕我的文明如果继续发展会给现实捅一个大洞。"

　　我看着他，没说话，他又说道："虽然用咱们的眼光来看，我的文明只是一堆石头渣子，可谁会对自己的造物没有感情呢。"

　　我笑了，几乎已经猜到他想要说什么。

　　他也笑了，举起空杯。我给他把酒满上。

　　"干杯。"我说。

　　肖阳的日程排得很满，在我和他比赛之前，他还要负责摧毁郭星辰遗留的宇宙。因为郭星辰已经自杀身亡，这场比赛作为表演赛在全球播出。

　　黑盒子被摆上舞台，大屏幕瞬时传输微缩宇宙内的投影。

　　两个宇宙完成镜像重叠，肖阳的硅碳结合体在各个星球的水中盘踞，而郭星辰的文明中的人类已经完成了深度的宇宙探索。

　　比赛没有什么过渡，硅碳结合体通过对水生生物的寄生迅速脱离了深海，气势汹汹地涌入人类城市，可让所有观众都疑惑不解的是，郭星辰培育出的占据了大半个宇宙的人类文明，所有的城市中都空无一人。

即使是占领无人星球，也需要耗费相当长的时间，因为观众的抱怨，主办方不得不加速了微缩宇宙时间的流逝。

微缩宇宙标尺的三十二年之后，肖阳的生物摧毁了郭星辰的文明中所有的造物。

比赛胜利，现场没有欢呼。

郭星辰的蚂蚁屋被重启再利用，镜像重叠之后战胜的硅碳结合体占据了两个宇宙的所有空间和资源。

十三连胜，新纪录，这个历史由肖阳创造。

我在台下默默地观看着这一切，心中暗想，这个历史将由我来终结。

宇宙的真理到底是什么？我从来没想过这个问题，因为根本不需要去想。

宇宙边界与起源的探索早在数个世纪之前就停止了，这对于现在的人类来说毫无意义。

最终人们把宇宙的真理定性为人类无法解读的东西，进而放弃了这部分研究，并声称我们不讨论虚无。

有时候我会想，在我的蚂蚁屋里，人们会不会也在思考这个问题，和我们不一样的是，他们的宇宙之外并非虚无。

我和肖阳的比赛日转瞬就到了，这一天到来之前，我已经做好了万全的准备。

我不是第一次站上这个擂台，但这次面对的是十三连胜大满贯冠军肖阳。

肖阳站在我对面，表情严肃，大屏幕上播放着介绍双方宇宙特点的资料片。

所有观众都已经对肖阳的碳硅结合体生物熟悉得不能再熟悉了，随着一段介绍影片的播放，台下的观众欢呼四起。

然后是我的宇宙介绍——刚发展到第六轮文明，进入太空时代，据点只有孤零零的一个地球，核弹是我最有力的武器。

当大屏幕上播放出核弹爆炸燃起的蘑菇云时，观众一片嘘声。对现在的人来说，核弹不过是个大号的爆竹。

黑盒子被摆放在擂台上，两个宇宙开始了镜像重叠。

一切都按部就班地进行，肖阳的生物在地球的深海出现，不过出乎所有人预料的是，肖阳的生物并没有像之前一样通过寄生登陆，而是安静地沉在海底，开始了对海洋生物的模仿。

而我文明中的人类，甚至没发现这种碳硅结合体生物的突然降临。

接下来就是漫长的各自发展，甚至让主办方不得不几次进行加速。

主持人疑惑地看着肖阳，肖阳只是无奈地摇摇头。

几次加速之后，现场观众已经受不了这冗长的对峙，开始离场，主办方启用了蚂蚁屋对战条款中第三条第六部分的附加说明，现场直播中断，双方将黑盒子暂存，直到两个文明分出胜负。

我和肖阳对视一眼，计划成功了。

肖阳是我从小玩到大的朋友，虽然他是精英我是吊车尾，但我们却有常人没有的默契。

在得知我们二人的蚂蚁屋都将遭到破坏之后，我们几乎是同时想到了这个计划。

让这场文明之间的战争永续。

蚂蚁屋的对战规则第一条：一旦蚂蚁屋诞生生命，不能随意摧毁。

也就是说没人能强行终止蚂蚁屋之间的战斗，如果战争没有结果，那便只能一直继续。

主办方可以选择加速，不过即使是这样，想要让我们两个的宇宙对战有一个结果，也至少需要几年的时间。

这对于我们两个的文明来说，已经足够了。

我和肖阳通过对各自文明科技树的调整，完成了这种平衡。

肖阳的硅碳结合体原始且强大，有着天生的掠夺基因，肖阳削去了他们的智能，现在这些生物虽然人类无法应付，但他们也不会对人类造成威胁。

而我的宇宙因为科技过于落后，简单的调整无法起到任何作用，于是我在近地点制造了一个虫洞，这个虫洞放出的辐射能量可以提供科技发展的必要资源，让他们在这几年的存续时间里达到我预计的科技奇点。

只要硅碳结合体不拥有智慧，这个平衡的现象就将持续下去，而人类可以通过我所制造的虫洞快速发展。

这一切的顺利完成让我感到无比自豪，作为一个创造者，我保护了自己的造物。

大概过了三个月，已经没人再关注我和肖阳蚂蚁屋对战的胜负，人们渐渐将这次比赛抛诸脑后，因为总有新的刺激点出现。

　　我偶尔会对战场进行观测，事实上战场只是一个指代，我的人类和他的硅碳结合类生物到现在都没有接触，各自安好。

　　于我来说，一切有益无害，我不用再考虑每一轮文明如何在比赛中存活下来，可对肖阳来说，他等于失去了冠军的桂冠。

　　主办方将他的冠军头衔封存，开始了新一轮的比赛，而他到底会在对战蚂蚁屋的历史上处于什么地位，要等到我和他的比赛结束。

　　几年之后，谁知道这种游戏还是否流行呢。

　　我有时会半开玩笑地和他道歉，让他失去了名声和地位，他倒是自得其乐，完完全全地接受了这个现实。

　　岁月静好，毫无波澜，我偶尔会想起郭星辰死前对我提的问题："你想过为什么不允许咱们进入微缩宇宙吗？"

　　我同意肖阳的说法，这其实是防沉迷条款，毕竟现在的世界太过无趣了，只要进入了自己创造的宇宙，人们难免沉迷其中。

　　但郭星辰的问话仿佛有一种魔力，已经记不清有多少个睡不着的夜晚，我会盯着那小小的黑盒子发呆。

　　"技术已经不是问题，我们可以通过任何一台家用的空间位移设备进入微缩宇宙。"

　　之后又过了三个月，在蚂蚁屋之外，肖阳很快找到了新的兴趣点，而我还是固定地每天观测这个混合的微缩宇宙。

　　然后在和往常毫无二致的平凡一天里，我们的世界和其他世界重叠了。

最后我终于知道了郭星辰话里的意思。

禁止进入蚂蚁屋并不是单单为了防止沉迷，而是害怕人类存在的根基被动摇。

微缩宇宙是真实的，百分之二百的真实，当一个人进入微缩宇宙之后，所有的一切都会让他对自己的存在感到怀疑。

我的世界会不会也只是一个蚂蚁屋？

这也是我踏进自己的微缩宇宙后第一个想到的问题。

是的，因为一次突然的袭击，我进入了自己的蚂蚁屋。

那天和平常没什么区别，肖阳还发信息给我让我看他的新玩具，而我则不知疲倦地继续记录着蚂蚁屋里文明的发展。

就在这时，我感到一阵震动——我们的世界和其他世界镜像重叠了。

之后便是惨无人道的屠杀，我们安逸已久的世界完全经不起战乱的冲击，我甚至到最后都没能看到敌人的样子。

这时我突然明白了肖阳和郭星辰那场比赛的问题：为什么郭星辰的微缩宇宙中没有一个人类。

郭星辰用相当长的时间对他的蚂蚁屋进行了调整，以至于在那个小小的宇宙中，已经发展出了和现实中一样的技术——微缩宇宙。

他们自知无法抵挡汹涌而来的敌人，于是在战斗开始之前，就全部转移到了自己创造的微缩宇宙之中。

套娃游戏

好像有一个哲学家曾提到过这个理论。具体叫什么，我忘记了。

现在我面临着和他们一样的困境，我别无选择。

在进入微缩宇宙之前，我将其中的时间流速调到了最快，然后启动了空间位移装置。

我成为一个没有身份的人，在这个荒蛮落后的世界，创世神陨落。

我不清楚在原宇宙之中，战胜的敌人会怎么处置被丢弃的蚂蚁屋，但我知道，无论将面临怎样的噩运，在那天之前，我至少还有数十万年的时间。

原来郑皓躲进了蚂蚁屋。

完

不对啊！我们这个世界未毁灭
那我遇到的郑皓为何要躲进蚂蚁屋？

还是说，他有其他目的？

图书在版编目（CIP）数据

14个叫郑皓的男人 / 尚不趣 著 .
—武汉：长江出版社，2020.6
ISBN 978-7-5492-6953-2

Ⅰ . ①1… Ⅱ . ①尚… Ⅲ . ①幻想小说 – 小说集 – 中国 –
当代 Ⅳ . ① I247.7

中国版本图书馆 CIP 数据核字（2020）第 083390 号

本书经尚不趣委托天津漫娱图书有限公司正式授权长江出版
社，在中国大陆地区独家出版中文简体版本。未经书面同意，
不得以任何形式转载和使用。

14个叫郑皓的男人

出　　版	长江出版社			
	（武汉市解放大道1863号　邮政编码：430010）			
选题策划	漫娱　方亦林			
市场发行	长江出版社发行部			
网　　址	http://www.cjpress.com.cn			
责任编辑	江　南			
特约编辑	陈雪琰			
总编辑	熊　嵩			
执行总编	罗晓琴	开　本	889mm×1230mm 1／32	
装帧设计	陈佳　朱可	印　张	8.75	
印　　刷	恒美印务（广州）有限公司	字　数	223千字	
版　　次	2020年6月第1版	书　号	ISBN 978-7-5492-6953-2	
印　　次	2020年6月第1次印刷	定　价	38.00元	